N
W
E
S

魅丽文化 花火工作室

贩糖酒馆

刘婧雅◎著

東方出版中心

图书在版编目（CIP）数据

贩糖酒馆 / 刘婧雅著 . -- 上海：东方出版中心，2019.9

ISBN 978-7-5473-1517-0

Ⅰ . ①贩… Ⅱ . ①刘… Ⅲ . ①短篇小说 – 小说集 – 中国 – 当代 Ⅳ . ① I247.7

中国版本图书馆 CIP 数据核字 (2019) 第 178622 号

《贩糖酒馆》

出版发行：　东方出版中心
地　　址：　上海市仙霞路 345 号
电　　话：　（021）62417400
邮政编码：　200336
经　　销　　全国新华书店
印　　刷　　湖南凌宇纸品有限公司
开　　本　　880mm × 1230mm　1/32
印　　张　　8.75
版　　次　　2019 年 9 月第 1 版
字　　数　　136 千字
书　　号　　ISBN 978-7-5473-1517-0
定　　价　　36.80 元

东方出版中心邮购部 电话：（021）52069798

贩糖酒馆

Fantang jiuguan

目录

CONTENTS

目 录

CONTENTS

Fantang jiuguan

贩糖酒馆

贩糖酒馆

Fantang jiuguan

目　录

CONTENTS

序

我的小酒馆开在一条不知名的小路边。

虽然周围人烟稀少，但是好在它处在前往大路的必经之地，所以经常会有浪迹天涯的侠客、远游的诗人、平凡的旅行者等光临这里。

我喜欢听他们讲他们的故事，并把这些故事收集起来。

咦，有人敲门，我去开一下。

“老板，有没有烈酒卖？来一壶！”面前满面风霜的人貌似惊讶于我这个老板是个姑娘。

“英雄，烈酒伤身，我们这里大多是卖糖。人生很苦，来一杯甜酒暖暖胃如何？”我笑着对他说。

“真的那么神奇么？那好，给我来一壶。”

第一篇：

你这个时候不应该说，
救母之恩无以为报，
唯有以身相许么？

我一个女同事恋爱了。

这是我休了长假回来听到的最劲爆的消息。

这个女同事 40 岁出头，一直未婚。她过去的故事我没有问过，但是她跟我说过：“我年轻的时候，就不想将就，倒也不是说想找个多有钱的，就是想着互相喜欢，看得对眼而已，但一直没有合适的。我不想到岁数了就随便找个人凑合，那样还不如我一个人，我还不用给他洗衣服做饭生孩子，一个人落得自在。这中年了，我就更不想将就了，自己一个人也挺好的。”

她人品很好，我特别欣赏她的人生观。有什么长假期，她就会跟着一群姐妹满世界玩，每天笑呵呵的，仿佛没有愁事。

她家里也和睦，有个亲哥哥。她亲哥哥说，等到他俩的老娘百年之后，老娘的房子给她，因为她自己一个人不容易，嫂子也同意。

她对待小侄女就跟亲闺女一样好。她说这辈子唯一的遗憾是没有个孩子，她真的很喜欢小孩。嫂子也跟小侄女说：“姑姑现在很疼你，你长大了也要疼姑姑，知道不知道？”

我刚休完假回来那几天，觉得她的状态变了，就是那种“朝气蓬勃”的感觉，午休时接个电话都笑得一脸灿烂，低声温柔地说着什么，有时看一眼微信就露出少女般的微笑。种种迹象表明，她遇到不寻常的事儿了。

我实在憋不住，问她：“×老师，你最近怎么这么高兴啊？”

她笑嘻嘻地说：“哎呀，你都看出来啦？”

于是，她交代了自己的恋爱故事。

我们科的护士长爱好乒乓球，并且在业余组还拿过市里名次。

前阵子她代表卫生系统参加比赛，认识了男子组代表，另一个医院的医生。

因为同属卫生系统，候场时他们就坐在一起多聊了几句。男医生看着怎么也得有40岁，护士长闲谈时，问人家：“你们家孩子现在多大了？”

医生有点尴尬：“我，没结过婚，没孩子。”

护士长看着医生虽然人到中年，但气质还是不差，也没有肥肉啤酒肚，就含蓄地问他：“你看着条件挺好的啊，怎么……”

医生道出原委：大二时他交往过一个女朋友，读博那年因为一些现实问题，加上他嘴笨，不会哄女孩，就分手了。从此他就一直单身，再加上后来他轮岗，去了ICU，最后又调到了神经外科，特别忙，个人问题就耽误了。后来也有人给他介绍过女朋友，但是他也是个不想将就的人，而且他和我那个女同事有共同的一个要求，不想要二婚的，但是他们这个年纪，想要找未婚的太难了。他还不想找年龄差太多的，他觉得没有共同语言，这一来二去，就单身至今，他想着自己一个人也挺好。

护士长当时就想到了这个女同事，就把想撮合双方这事跟双方说了一下，两人很坦然地交换了联系方式。

女同事说："本来没想到能成的，这男医生可能是读书读多了，感觉谈恋爱这方面情商略低，也不太爱说话，我俩开始一直当朋友相处着，偶尔互相打个招呼，一起吃过两次饭，其他也就没什么了。"

医生属于"八竿子打不出来一个屁"的那种人，有时女同事主动跟他聊天，他也就几个字几个字地回复。女同事一直认为，人家没看上自己，不过既然没说破，多个朋友也是好的。

半个月以前，有一天半夜，女同事的妈妈去厕所时突然跌倒，万幸女同事睡觉轻，听到了动静。虽然自己是个护士，但看见失去意识的妈妈，她也慌了。她先打了120，又给那个医生打了电话，她说当时她判断妈妈不是心脏就是脑子出了问题，第一反应，就是找在神经外科上班的医生。医生有24小时开机的习惯，那天歇班的他很快接了电话。听到她的求助后，他说了句："别慌，等我过去，定位给我发来。”

医生比救护车早一步到，做了一些紧急处理之后，救护车也到了（医生离女同事家不算太远，开车10来分钟，半夜就更快了）。医生让救护车直接开到他的医院去了。

诊断结果出来，是脑出血。医生换了衣服就帮忙抢救去了。

女同事说：“看到他穿上工作服，戴上口罩的一瞬间，觉得他还挺帅的。心里莫名其妙的，不那么慌了。”

她熬过了漫长的夜，度秒如年的几个小时过去后，医生出来了，告诉她，没事了，命保住了，但是可能会有一些脑出血后遗症。

同事当时就哭了。这一哭医生慌了，翻来覆去地说：“别哭啊，别哭啊，老太太没事了，哎呀，你别哭啊！”

女同事说：“太谢谢你了，真的，没有你我不知道该怎么办了。我得好好谢谢你，我都不知道该怎么谢谢你了。”

医生沉默一会儿，突然说：“你这个时候不应该说，救母之恩无以为报，唯有以身相许么？”

女同事当时就不哭了，没想到医生会说出这么一句话，没憋住笑出了声。

医生反而有点慌了：“我开玩笑的，开玩笑的，我看电视剧里都是这么说的。”

女同事说：“我当真了，因为电视剧里这么说完了，基本就是真的了。”

那天过后，两人感情升温了，没过几天，也没人提，就顺理成章地发展成了恋人关系。

医生还是那么不善言谈，或许那晚那句“你应该说以身相许”，花光了他这辈子的所有情商。

当时我听完她的讲述，内心感慨：“好饭不怕晚啊！”啊，不是，换个说法：“缘分总会来的，哪怕晚一些呢！”

后来的日子，我天天看着她笑呵呵的，整个人都散发着少女般的气息，有一天，她神神秘秘给我看自己微信里的一段聊天记录：“小孩，给你看看这个，不能给她们看，我觉得也就你能理解我。”

我们科除了我是20多岁的，其余都是40多岁的了，我想她是觉得别人无法理解她热恋的心情吧，毕竟很多人觉得这个岁数了，就是搭伙过日子，哪有什么爱情啊！

但是，爱情就是爱情，和年龄无关啊！

我接过她的手机，是这样的一段对话——

医生：你昨天穿的那个裙子挺显年轻的。

女同事：你是说我老了么？

医生：不是不是，我是想说，好看，以后你应该多穿裙子，真好看，不比我们科那些小护士差。

女同事：我们上班就换护士服了，买了裙子也是浪费。

医生：不浪费不浪费，我给你买。

看完他们给我的狗粮，我看着笑得一脸灿烂的女同事，说：“您不是说人家闷葫芦，不会说话么？这还不会说话呢？”

女同事说：“这是我慢慢培养的，就会这么点，我觉得知足了，这么大岁数，还能跟我说这些，心里还挺美的，你别跟别人说啊，她们回来再笑话我。”

说着，喜气洋洋地上岗去了。

后来，我下班时在医院门口碰到过医生来接她下班，我没有上去打扰，就默默地看着他们的背影。医生四处张望一下，试探性地拉住女同事的手，女同事紧张得抽走手，赶紧也看看四周，正好看到我，不好意思地笑笑，扭头跟医生嘀咕了一句话，大概是说医院门口，让别人看见不好。

我装作没看见的样子赶紧走了。

哈哈，看来呀，她还是有点介意外人的目光啊！不过没关系，他们还有几十年的时间一起去习惯。

上周，她跟我说，她已经去了医生家里，医生父母都是退休干部，虽然也都快 80 岁了，但是身体硬朗，挺喜欢她，加上医生这么大了，他父母也不管他了，他的事都是自己做主。自己的妈妈呢，当然特别喜欢医生，那可是救命恩人啊！加上她妈妈住院期间，医生尽职尽责，她妈妈每次提起他都赞不绝口，说是闺女修来的福，人到中年还能遇到他。

女同事说：“照这个形势看，我俩明年就能领证了，婚礼不办了，岁数大了，不折腾了，他存年假，我们打算一起去旅旅游，我真是没想到我还能结婚。”

是啊，所以说，缘分真的很奇妙呢！

第二篇：

犹豫 10 秒过后，
小熊做了个英勇的决定。

我们魔兽世界公会里的一个妹子，我们叫她小熊（因为她玩德鲁伊那个大屁股熊）。

那时，小熊大四。

有一次她跟闺蜜在咖啡厅喝咖啡。

当时，斜前面坐着一个男孩正在打电话，干干净净的白衬衣，清爽的短发，虽然不是特别帅的那种，但是一眼就让小熊很喜欢。他尽量压低着声音，不吵到其他人，起身时正好一个服务员撞到了他，咖啡溅在他胸口上，他笑笑说没关系，就离开了。

一瞬间小熊的少女心被激发了。

犹豫 10 秒过后，小熊做了个英勇的决定。

她冲闺蜜说句："等我会儿，我去泡个男人。"

她快步跑到街口，从街口发传单的几个人手里拿了好多张，又追上男孩："先生你好，我是做社会实践的大四的学生，支持下我工作好吗？"

男孩停住了脚步，看着眼前微喘的小熊，接过了她递来的一张传单。

小熊见他收了，赶紧说："那个，您能不能帮我完成任务，有个电话回访，您留一下号码可以吗？"

男孩想了想，笑着说好，便给了小熊自己的号码。

小熊美滋滋地回到朋友那里，跟朋友说了刚才的事，朋友冲她翻了个白眼，骂她重色轻友。

晚上回到家，心机熊给男孩打了电话：

“先生您好，我是下午发传单的人，我们需要做下调查，麻烦您配合我们一下好吗？谢谢您！您的姓名？”

“×××。”

“年龄？”

“27 岁。”

您现在做什么工作？

“公司职员。”

“您和配偶的经济状况？”

“啊？我单身，我个人属于中低收入吧！”

“您对我公司的建议？”

“没什么建议，挺好的。”

“您工作之外的时间做什么娱乐活动？”

“打游戏算么？”

“那，您玩儿什么游戏啊？

“×××。”

“啊，真巧，我也玩那个啊！咱们加个好友一起玩好吗？”

“我玩得也不太好，你不嫌弃的话，可以啊！”

其实小熊根本不玩那个游戏，为了和男孩一起，还特意买了级别高一点的账号，又花了3天研读攻略，才加了男孩。从此不和我们打团了。

我们都骂小熊“见色忘义”。

小熊还在群语音里跟我们实时汇报她和她“客户”的互动。什么男孩在游戏里保护她啦！她和男孩语音啦！小熊玩游戏一向是上手快的，没过几天就玩得有模有样了，她跟男孩打赌PK，赢了的话男孩要唱歌给她听，结果她输了，没想到男孩还是唱给她听了。

很快，小熊再跟我们聊男孩，俨然一副“这是我男人”的感觉。

过了一个月，小熊以“感谢您配合我们的社会调查，我公司为表示感谢送您一个小礼物，方便给我个收货地址么”的名义，再次给男孩打电话。

男孩给了小熊公司地址。

3天后的中午，小熊站在男孩公司楼下，鼓足勇气给男孩打电话："礼物到您公司楼下了，您来取一下。"

男孩下楼，看到小熊，愣了。

小熊说："先生，送您一个女朋友，您签收不签收？"

男孩笑了，特别自然地牵了小熊的手："走吧，正好陪我吃个午饭。"

这下吃惊的是小熊。

男孩说："你以为我没看出来你另有所图么？你第一次给我传单时，你另一只手里的传单，都不是同一种啊！"

第三篇：

怎么样，
我们这对情侣文身，
酷吧？

有一次和一个朋友一起泡温泉，无意间，我看见她大腿前侧有个已经愈合的，看起来很深的伤疤。

我随口问了一句：“你这怎么弄的啊？看起来好疼啊！”

她有些不好意思地说：“怎么跟你讲呢，事情是这样的……”

她和她男朋友相识，是在她闺蜜的婚礼上，她是闺蜜的伴娘。

新郎带着伴郎团来接亲，她和一众小姐妹负责堵门。当时也不知道谁出了个题：先唱十首关于爱情的歌！

门外，传来新郎五音不全的歌声，姐妹们都笑趴了。唱到第七首，新郎卡壳了，门内姐妹们催促：快啊，还欠仨，你还要不要媳妇了？！

就听新郎在门外：快快快，你们谁补几首。

这时，一个好听的男声传来，唱了几句。房间里乱哄哄的小姐妹们瞬间安静了，因为没想到伴郎团卧虎藏龙，还有唱歌这么好听的小哥哥。

“声控”的朋友瞬间想认识声音的主人。

又热闹了一会儿，闺蜜妈妈的声音由远及近地传来：“让我过去，让我过去。我替我姑爷说句话，差不多得了，一会儿路上堵车，酒席钱都交了，去晚了人家可不退。”

大家都被闺蜜妈妈逗笑了，开了门，逗了一会儿，在众人的起哄声中，新郎抱着新娘就出门了。

朋友在人群中搜索着，想知道刚才到底是哪个小哥哥唱的歌，但是凭声寻人，怎么可能，朋友想，实在不行，就让闺蜜去问她老公。

婚庆典礼温馨又煽情，看得朋友热泪盈眶的，她见证了新娘恋爱的整个过程，看到她出嫁的这一刻，朋友说："那一刻我也想结婚了，可是我的新郎啊，你是迷路了么？"

捧花被一个伴郎抢到了。

也不能说是抢，新娘在台上把捧花扔太高了，落下来时，一个身高一米八二的伴郎，一抬手就接到了。

司仪邀请他上台讲话，问他有没有女朋友，他有些羞涩，说没有。

新郎抢过话筒："这是我大学最好的哥们，人品信得过，台下的妹子们，谁需要谁速来领走！来来来，你给妹子们唱首歌，你唱歌这么好听！"

伴郎有些不好意思，低头抿嘴笑了笑，开口唱了首《桃花朵朵开》。

是那个唱歌好听的伴郎！

朋友开心至极，这得来全不费工夫啊！伴郎长得不算帅，但是一脸正气，看起来阳光清爽，朋友表示，是自己的菜。

朋友私下把这件事告诉了闺蜜，希望可以认识那个伴郎。闺蜜也是给力，蜜月旅行回来第一件事，以“感谢伴娘伴郎婚礼上的辛劳”为由，请所有的伴娘和伴郎吃饭。

饭桌上，闺蜜故意说：“驴（伴郎外号，因为脸有点长），我这个伴娘可是单身，你们认识一下呗！”说着，就指了指朋友。

驴也挺主动，留了朋友微信号。

回去以后，一连两天，驴都没有联系朋友。朋友就想，可能那天饭桌上是为了给闺蜜面子才互相加了微信吧，不过没关系，爱情又不是只有一见钟情这个模式。

朋友约驴唱歌，约驴看电影，驴都爽快地答应了。

约会了两次以后，驴没什么动静了，朋友以为人家没看上自己，有点想放弃。

突然一天，驴约朋友听相声，说已经买了德云社的票，问她要不要一起去北京听。

朋友有点不清楚驴到底怎么想的，但是还是去了。

在观众的哄笑声中，驴靠近朋友耳边说：“做我女朋友吧，我知道你喜欢我，我也喜欢你，但是你闺蜜老公说，女人都喜欢仪式感，让我找个合适的场合跟你表个白。”

朋友哭笑不得，这种场合，是表白合适的场合么？

驴又说道：“我怕我会错意，你万一不答应，听个相声，一笑过去了，咱俩也都不尴尬。”

驴温柔的声音就在朋友耳边传来，朋友有些小鹿乱撞，低下头，笑出声了，说：“好，我答应了！”

他俩交往半年后，有一次朋友爹妈去旅行了，她还忘带了钥匙。驴提出去他家，驴虽然是本地人，但是大学毕业以后就自己单住了，是奶奶去世后，给他留下的房子。

朋友自然是知道一会儿可能发生什么，就默认地跟驴回了家。

先后洗了个澡，穿好睡衣，朋友穿的还是驴的睡袍，朋友一米六二，穿一米八二驴的衣服，特别像小孩偷穿大人衣服。

驴想浪漫一下，抱着朋友进卧室，结果可能拖鞋有水，脚下一滑，驴起身一瞬间往后仰去，两人正好坐在了茶几上，玻璃茶几，瞬间碎了，碎玻璃扎了驴的大腿后侧和大腿内侧，从内侧出来的玻璃碴，扎了朋友的大腿前侧。

朋友当时就慌了，驴是人肉垫，比朋友的伤重很多。驴大腿内侧的血不断涌出，一会玻璃碴子就被驴的血染红了。

驴说："别慌亲爱的，我现在起不来，你行么？"

朋友除了疼不碍事，出血也不多。但是扎了驴大腿内侧的，就怕扎到了动脉。

朋友慢慢爬起来，按照驴的指示，把不远处的一件衬衣递给驴，驴用衬衣系紧了大腿根初步止血。

驴又说："打 120，手机在沙发那儿。"

朋友单腿跳到了手机那儿，打了 120。救护车把两人接走了，需要有人去交费啊，没办法，大半夜的，驴只得给父母打了电话。

驴跟自己爸爸说："爸，是我，我现在出了点小意外，事儿不大，我现在在去 ×× 医院的路上，你跟我妈给我来交下钱吧，我女朋友也在，你们有个心理准备。"当时驴叫了自己妈妈一起来，也是怕万一需要照顾剪个衣服什么的，有妈妈这个女性在，朋友也能方便一点。后来朋友才知道驴当时的想法，可见驴多么细心。

驴的爸爸当时吓得不行，以为出大事了，要不怎么小两口大半夜一起去医院，而且两人都没法交费。后来越琢磨越不对劲，大半夜的，和女朋友一起去医院，他爸爸撂下电话，跟驴妈妈说：坏了，咱儿子今晚可能是第一次，慌了，不知道为什么，和女朋友一块去医院了。

后来驴的妈妈当笑话把这件事讲给驴听。

朋友就那么尴尬地第一次见了驴的父母。给朋友缝针的医生问：“这是第一次见他父母吧？”

朋友点点头。

医生一脸得意：“我一看就是！”

驴的父母是很开明可爱的人，驴爸爸跟已经缝了针的驴说：“儿子，以后啊，少看点那个小电影，我知道你们年轻人，血气方刚，但是，那小电影都是编的，别信，别模仿，啊！”

驴当时尴尬无比，这是过了很久之后，驴才告诉朋友的事儿。

朋友的伤口缝了 5 针，驴一共 20 针，差一点就割到了大动脉，万幸。

结果第三天，闻讯而来的朋友爹妈，就那么尴尬地第一次和未来亲家公在医院见了面，六目相对，皆无言。

还是驴的爸爸打破了沉默：“你来看你女儿啊？真巧，我儿子也住院了。”

朋友爹妈本来绷着脸，也笑了。

驴提前出院了，因为他感觉护士看他都憋着笑，不用问，大家肯定都知道了他们的事迹，只不过，真冤枉啊，大伙肯定没往好了想。

后来，驴出院回家，发现家里被妈妈收拾干净了，驴爸爸给他新买了一个厚实的红木茶几……

现在朋友和驴已经订婚了，朋友说：“怎么样，我们这对情侣文身，酷吧？”

第四篇：

那么善良可爱的女孩子，
有谁不喜欢呢？

某内科住院部的治疗护士（负责配液、取药、发药等），是个特别“汉子”的小姐姐，29 岁那年依旧单身。

长得倒是不丑，就是性格太爷们了，她好像体力无限，下班了，别人都恨不得赶紧躺着歇会儿，她去练自由搏击，真是一挽袖子就露出肱二头肌那种。她说：“我这是为了自保，万一哪天有个什么医闹的，我也能全身而退嘛！”

科室里饮水机没水了，她自己换水完全不是问题。

以至于这么久了，大家都忘了她是个姑娘。有一次她从女厕所出来，一个男医生逗她说了一句：“哎，你怎么去女厕所？”

她也不生气：“男厕所没地方了！”

她跟周围同事说：“你们有合适的就给我介绍着，老娘来者不拒！”

她一直想找个能保护她的，更爷们的男人。

护士长也张罗了好几个给她。她也挺有趣，见面跟人家掰手腕，掰不过她的都 pass 了。

好吧，就没有几个能赢她的……

赢了的那个也因为她觉得“没有安全感”，拒绝了。

有一次她去取一个急用药，电梯半天不来，她一看，直接走了楼梯，赶时间，速度快了点，结果踩空滚下了一层楼。

胳膊脱臼了，直接让路过的同事给送骨科去了。

骨科大夫是个刚轮岗结束的住院医生，一边说着：“忍着点啊，有点疼，别紧张……”一边给她胳膊复位了。

她说：“疼的一瞬间，仿佛被丘比特击中了。他温柔地在我耳边说别紧张的时候，我愿意为他变成一个小女人。”

没错，她看上了住院医生。

爱情就是这么莫名其妙，大家都没明白她怎么就一见钟情了，就因为给接了个胳膊？看来这会接胳膊的就不用掰手腕了。

她倒也直白，给自己在骨科上班的同学发了微信：“你们科那个住院医生，看着岁数不大，鼻子很挺，那个叫什么？有对象了没有？”

等了许久，同学终于回复：“他叫×××，没对象呢，刚轮岗结束定在我们科，咋的啦，你对他有想法？”

“没错，受累，把他值班排班表发给我！”她回复。

不一会儿，同学把住院医生的值班安排给她发了过来：“我可是特意去医生办公室偷拍的，说吧，怎么谢谢我？”

“事成之后，请你吃大餐！”她对着手机笑了。

她直接在住院医生值夜班的时候去他办公室说：“×大夫，

我看上你了，想跟你搞对象。”

当时正在喝水的住院医生就呛着了，半天不知道该怎么回答，憋了一分钟，憋出一句：“谢谢啊！”

她问：“那你愿意么？”

住院医生说：“我们还是应该再了解一下，我们彼此了解一下。”

她也没追问，只是开始在住院医生值夜班的时候，隔三岔五地给他送饭。（治疗护士只有白班，她都是回家亲手做饭晚上再送过来）

住院医生不值班时，她就主动问他要不要一起吃个饭看个电影之类的。住院医生一直很纳闷，她怎么知道自己哪天值班，哪天休息？直到有一天，看到鬼鬼祟祟去医生办公室偷拍值班表的她同学。

他悄悄退出去，没有揭穿。那时，他心里就有了一种说不清的情愫。

有一次两人休息，相邀去看一场演唱会，开车路上，突然一辆电动车头也不回地横穿马路，住院医生吓一跳，条件反射地避让，差点擦到旁边车道的车，那车主可能路怒症有点重，下来直接指着他们骂，住院医生赶紧下车道歉：“抱歉抱歉，实在不好意思，刚才有个电动车横穿过去，我是躲他躲的，实在对不住了。”

那车主不依不饶，骂骂咧咧，什么“你眼瞎啊”“作死”外加国骂之类的话往外扔。她在车里都能听见外面的咒骂，可见那车主声音有多大，她忍了一会儿，听不下去了，直接下车想跟车主理论一下，那车主看见她下来了，嘴里更不干净：“哎哟，自己怂，让个娘们下来出气？”

住院医生叹口气，一步上前，一伸手，把那个车主下巴托下来了，车主瞬间说不出来话，只能“啊啊啊”，眼泪口水一起流下来了，治疗护士恶心得直撇嘴。

“以后啊，说话别那么难听！”住院医生温柔地冲车主笑笑，“你要是不骂街了呢，就点点头，我给你把下巴托回去。”

那车主气焰彻底消失，捂着嘴点头。

住院医生看着他湿漉漉的下巴，转头问治疗护士：“你带纸巾了吗？”

治疗护士点点头，从包包里拿出一包纸巾，抽出几张，递给他。

他又递给那车主：“来，擦下吧。”车主乖乖接回去，擦了擦下巴。

住院医生一抬手，给他把下巴托上去了。车主一言不发，灰溜溜地跑回车里开走了。

这时周围已经围了不少人，刚才从车主下来骂街就有人围观了。人群中一个看了全过程的老爷子说：“可以啊小伙子，还会功夫呢！”

他不好意思地笑笑，后来，他跟治疗护士说，那一刻脑子里不知道为什么，浮现一句：“知识改变命运。”

从这以后，治疗护士更喜欢他了，跟自己要好的同事说，非把他拿下不可。

那天，住院医生出急诊，治疗护士又给他送爱心餐来，她刚把饭盒放在他桌上，外面传来救护车的鸣笛声，他跟她打了声招呼，就迎了出去。她也跟在住院医生后面走出值班室。120的平车推送进来一个病人，家属把病人从120的平车放到急诊的床上时，有一个人手一滑，担架脱手了，眼看病人就要摔地上，这时她一个箭步过去死死托住了病人，没让他摔到。

住院医生投来一个感激的眼神，冲她点点头。病人家属也跟她道谢：“姑娘啊，还好有你啊，这要是掉地上了，他备不住命都没了。”

周围人也夸她，有个人说：“这姑娘，劲儿真大！”她反而有些不好意思了，回值班办公室等住院医生。

收治病人，安排住院，打电话给住院部安排一串流程，等一切都平静了，住院医生回到值班室，发现她时不时地甩甩手，便问她：“手怎么了？”

她说：“没事，刚才托那一下可能伤手腕了，有点疼，总别扭，可能抻筋了。”

住院医生说：“我给你揉揉吧，来。”说着，冲她伸出了手。

她红着脸伸过去手。住院医生温柔地给她揉着手腕，她低头不敢直视他，但是总觉得他在注视着自己，气氛暧昧。她说，原来她真的可以有娇羞的一面。

没过两天，住院医生来接她下班，他们科室都知道她最近和骨科这个医生走得近，都纷纷起哄，有个女同事故意逗他：“我们科没请会诊啊，你干吗来了？”

她憋着笑意不说话，看着住院医生。住院医生说：“我现在是休息时间，不是来会诊，是来接女朋友下班的。”

周围人发出“哎哟哟”的声音，那个同事又问：“那，这么多女孩子，谁是你女朋友啊？”

住院医生也有点不好意思，看向她：“我的女朋友，我来接你回家了，你愿意不？”

她笑着点了点头。两人正式确立了关系。

后来住院医生跟她说，她冲过去托住病人的一瞬间，他被击中了，那么善良可爱的女孩子，有谁不喜欢呢？

两人现在已经结婚5年了，一直是我们医院的“佳话”之一。

第五篇：

你们这婚礼，简直太热血了，
这就是我们的青春啊！

也是在贴吧认识的，一个比我大 8 岁的姐姐。

我认识她那年，她 28 岁，正因为天天被家里逼婚而郁闷。

她跟我们说，要是找不到自己喜欢的，宁可单身。

但是她爹妈不那么认为。他们觉得，结婚，就是每个人到了年龄都必须经历的事儿。28 岁的女人还不结婚，就是没人要了，四处张罗，只要男的，活的，就给她介绍。她不见就唠叨她，话里话外都是：你这个岁数不结婚，是丢父母的脸。

她被这种话语压得喘不过气来，经常在贴吧跟我们吐槽：我 28 岁怎么了？我 28 岁不结婚又不违法，他们活在旧社会吗？

后来她见了一个家里亲戚介绍的相亲对象，双方父母倒是提前沟通了，条件相当，都特别满意，非得让他们见面。

姐姐直接告诉人家是父母逼她来的。男方说，自己也是。

两人一下午互相吐槽自己父母，男孩是不婚主义，不想结婚，快被家里烦透了。

两人越说越气，一冲动，做了个决定。

各自回家告诉爹妈：你们不是想让我结婚吗？那好，我明天就去！

两人领证了。

双方父母还挺高兴，以为自己孩子一见钟情了。

姐姐跟自己父母说：我 28 岁嫁出去了，满意了吗？

一周后，结婚证变离婚证。

“你们让我结婚，我结了，任务完成！”

姐姐直接甩给父母这句话，搬家公司也来了，姐姐带着随身行李，自己租房住了。

现在这个姐姐也说后悔当年冲动，做了这么个事，她发帖说让大家别学她。

姐姐自己住以后，父母也不怎么联系她了，她反而觉得轻松自在，不就是交了房租少买两件衣服嘛，换个自由身，挺好的。她下班没事干，那会就天天打魔兽。

她开始并不知道可以选择人物，点进去随机配的是男牛头人战士，她就直接用了。等到她后来知道能选择人物了，这个号都快版本满级了，也懒得换了，她觉得牛头人挺可爱的，尤其是站在那挠痒痒的样子，憨憨厚厚的，就一直用了。

没多久，她加入了一个公会。

他们团有个女亡灵奶妈牧师，她想难得团里有个妹子，就比较照顾她，奶妈也是打团时她的专职奶妈，主要盯她血。慢慢地，两人默契还挺好，她仿佛觉得，自己背后有个默默付出的女人，蛮酷的。

他们打团时都是团长一个人在 YY 里语音，别人都不怎么爱说话。即使有人说几句话，她也是打字回，她的工作就是闷在角落里画图的，当着一堆人说话，她觉得不自在。所以，大家都不知道牛头人是个女孩子。

不打团时，姐姐就带奶妈一起做任务，独自一个人在野外做任务太慢了，她和奶妈两人一起，能好很多。

两人互相加了 QQ，都是文字联系，还挺聊得来。偶尔谈谈娱乐新闻，聊聊最近有什么事情发生，姐姐跟他吐槽自己的奇葩甲方，奶妈就陪她一起骂。姐姐觉得，这个网友真好啊！

后来有一次打团，奶妈牧师没躲好，直接被打挂了，小姐姐挡了一波伤害，差点死了，情急之下喊了声：团长（团长是群奶），奶我一口！挺不住了，我奶妈挂了！

团灭了，大家瞬间静了，没人说话。

安静了一会儿，奶妈牧师说话了，却是个男孩的声音：T 啊，你是个……妹子啊？

姐姐也愣了：我去，奶妈，你是男的啊？

后来，奶妈更加积极地约小姐姐一起做任务，话也是越来越多，两人开始频繁语音，从游戏慢慢聊到生活，姐姐跟他说了自己的任性婚姻，男孩也说了自己职业是工程相关的，周围都没有女孩子。

一次跨年，将近深夜 12 点，奶妈给小姐姐打电话：你看，咱俩这也算千里姻缘网线牵，我没有女朋友，你没有男朋友，我们聊得来，三观一致，有共同的爱好，打游戏默契，要不要给彼此一个机会？再有几分钟就是新的一年了，我不想再一个人了，我喜欢你，做我女朋友可以吗？

小姐姐当时也是太寂寞，加上并不讨厌奶妈，就爽快答应了。

两人网恋了，当时用她的话说：虽然我们不曾见面，但是我们一起看过“艾泽拉斯”最美的景色。

再后来，两人见面了，奶妈来找小姐姐。没有见光死，也都不是“照骗”。

奶妈当时第一眼见小姐姐，嘿嘿直笑：哎呀，你比照片上还漂亮。

奶妈是那种书生气很重的男孩了，笑起来还有个小梨涡，经典理工男的黑框眼镜格子衫，小姐姐倒是挺喜欢。

奶妈在小姐姐的城市呆了一周，两人在公会里宣布在一起了，大家起哄祝福，说结婚那天，一定通知兄弟们，天南地北，能去的兄弟一定都去。

两人异地恋一年，大部分都是奶妈飞来找她，两人都是理智独立型，相处起来轻松愉快，有问题静下心来一起协商，从不生隔夜气。

奶妈有一次急性阑尾炎住院，小姐姐知道后二话不说就直接飞去看他，看着眼前有点疲惫的小姐姐，奶妈那会儿就决定了，只要她愿意，就结婚。

那次，小姐姐见了奶妈父母，老两口都是知识分子，对小姐姐客客气气，关怀有加，也很喜欢独立自信、充满活力的小姐姐。

没过多久奶妈求婚了，倒也简单：我想娶你做老婆了，这天天飞来飞去的，钱都贡献给航空公司了。

小姐姐是两年之后，第一次回家。

本来气冲冲的父母听说小姐姐是来说自己婚事的，气消了一半。

本来小姐姐并不想见自己父母，还是奶妈劝她：毕竟是父母，婚姻大事，最好还是他们同意，能得到父母祝福的婚姻，也省得将来有遗憾。

小姐姐的父母倒是很满意文质彬彬的奶妈，也不介意小姐姐远嫁。那会儿小姐姐还气不过：“你看看，在他们眼里，我就得结婚，哪怕远嫁都没事。是不是现在就是个傻子娶了我，他们都高兴？”

奶妈一脸黑线。

小姐姐连忙解释说：“我没说你是傻子，我就打个比方。”

奶妈说：“你往好了想，兴许就是他们思想守旧，觉得只有结婚才是人的归宿呢？你要是不喜欢他们，以后别太密切联系，隔三岔五问候问候，毕竟是生你养你的爹妈，你看，你也说，除了逼你结婚，他们也没有对你不好。”

小姐姐冷笑一声：“他们让我结婚就是为了自己的面子！先结婚，以后走不走动再说吧！”

两人开始商量结婚的具体事宜。

最终，他们决定办一场魔兽主题婚礼，毕竟，是游戏让他们相知相恋。

婚礼现场是按照奥格瑞玛这个主城的元素布置的，T 台两侧插着部落的标志，新娘穿着同人铠甲，手里不是捧花，而是战士的锤子，奶妈一身布甲，站在 T 台尽头等她。

司仪居然请了一个做游戏主播的朋友。

团长和几个兄弟来参加了婚礼，还开了群直播，给不能到场的兄弟们看。

婚礼有个环节，大屏幕上播放不能到场的朋友的祝福，都是团里的兄弟提前给他们录制的小视频。

“你小子娶了我们团唯一的女战士，要是对人家不好，看我们不集体削你！”

“T 啊，那会儿真没想到你是妹子，在群里我还讲过荤段子，你别介意啊，其实哥很善良的，有合适的妹子，替哥想着点。”

“真是没想到你们最后能走到一起，我也不知道说点什么，祝你们未来的日子，能比游戏里默契更好，更幸福。”

他们俩看着，笑着，听着这些未曾谋面的兄弟们的祝福，不禁红了眼眶。

最后酒过三巡，喝多的团长哭了：“你们这婚礼，简直太热血了，这就是我们的青春啊！”

男孩是福建的，姐姐是河北的。

最后姐姐决定去男孩的城市，姐姐是做家装设计的，所以到哪里都能找到工作，现在有个自己的小工作室，收入还不错。

结婚第三年，他们自己有了孩子之后，小姐姐也开始原谅了自己的父母，每年定期回来看看爹妈，有时也会买礼物快递回去。别说，这长年不在家，她和父母的关系反而和谐了许多，每次他们两口子回家，父母都远接高迎，对她老公也特别好。偶尔父母一起飞过去连旅游带看看小外孙，一家人其乐融融。

现在结婚也快 5 年了，一切都好。

Fantang jiuguan

第六篇：

她是我的一个病人，
去年认识她时 48 岁，
来我们这儿做调理，准备要二胎。

她是我的一个病人，去年认识她时 48 岁，来我们这做调理，准备要二胎。

她每天早晨来得都很早，说话客气，临走时还会把她躺过的治疗床收拾干净。她是很有气质的一个女人，不难看出岁月在她眼角留下过痕迹，但是她笑起来很温暖，让人看着很舒服。

我们一来二去就熟了，她断断续续地讲过她的故事，我问她我可不可以把这些经历，按照时间线整理成完整的故事发网上，她说：当然可以，没准会对年轻的女孩子有所帮助呢！

她是走出大山的农村女孩。

真的是走出大山。当年她是他们村唯一考上大学的人，但她家里穷，父母又目不识丁，觉得女孩终究是要嫁人的，上什么学，没啥用，就给她找好了婆家。

开学前几天，她夜里逃跑了，偷了家里一些零钱，带着一些吃的，靠着双脚，走了一天一夜，走出了山。

她说："你不知道，大山的夜是真黑，只有一点月光，不像现在城市的夜晚这么灯火通明。我就自己一个人，时不时还听到远方传来不知什么动物的叫声。那时真是害怕，最后我找到一个挺深的岩洞，钻进去抱着腿，也不敢睡，就那么盯着天，那时我想过放弃，但是转念又一想，回去的日子跟死了没啥分别啊。我爹妈重男轻女得厉害，小时候我弟弟哭我都要挨顿打，那次给我找的婆家，八成就是为了彩礼给弟弟盖房用，那可不就是随便找个人把我卖了，我越想越气，我就想啊，就算死了，被狼吃了，也不让你们用我换钱。就那么半睡半醒，天蒙蒙亮，我继续赶路，一路小跑，跟着村里去外面赶集的人的马车印子，走到了国道边。”

“我当时站在路边，看着一辆一辆飞驰而过的车，特别迷茫，那会儿真的不知道该怎么办了，离家出走只是一时的意气用事，当时小，并没有规划，连去学校的路怎么走都不知道。”

好在她后来遇到一个好心人，看她一个小姑娘，大清早傻傻地站在路边，停车问她有什么事。她哇地哭出声，跟人家说了自己的遭遇。好心人让她搭了便车，送她到了学校所在的城市边，跟她说后面如何坐公交，就能到学校。

她没有坐过公交，但是不好意思再给人家添麻烦，就自己边走边问路，一个人力三轮车老板看她穿着破旧，问她去那个大学干吗？她说：我是那儿的学生，爹妈不让我上学了，我自己偷跑出来的。

三轮车老板心疼她，给她送到了学校门口。

她问门卫校长室在哪，她找到了校长，给校长下跪，说借钱读书，赚钱了就还，可以写借条。校长跟老师们商量后，减免了她的学费，老师们又为她的生活费展开募捐。

那会儿也没有什么兼职可以做，她倒是会做衣服和鞋。没有课时，她就做一些，食堂的阿姨帮她拿去市场卖了，她的日子也能稍微好过点。

毕业以后，她留校任教，虽然钱不多，但是已经可以说，彻底地改变了自己原本的命运。

后来，她快 30 岁时赶上一个特别好的机遇，自己开了个继续教育类的小公司，挣的钱不多，但是比工薪阶层好。

她开始给母校寄钱，跟校长说以后还有读不起书的孩子，用这份钱资助他们。到现在，只要她手头宽裕，就会给母校汇钱。那个学校培育出很多优秀人才，老校长总是把她的故事，讲给每一届的新生听，直到老校长退休。

她自从工作开始，就给家里寄钱了，但是十几年不曾回家，她家里有个弟弟，她清楚，只要她回去，还是得嫁人，她已经走出了那里，不想再回去，她不想听父母的那些话。

31 岁那年，她公司有个比她小 6 岁的男孩追她，一次她加班胃疼，男孩给她买了粥和药，劝她不要再这么拼命了，因为一直就没有得到过这种关爱，她说那一刻她就心动了。

男孩开始展开甜言蜜语的攻势，陪她加班，给她送小礼物。一次早晨下雨，男孩出现在她家门口，说雨这么大，来接她上班。

她投降了，克服了自己介意男孩年龄小这件事的心理障碍，两人恋爱了。

恋爱过程还是很甜蜜的，男孩是她得力的助手，他开始陪着她出席很多正式场合，接触她的甲方。

很快他们结婚了。转年她怀孕了，她一直很喜欢小孩，这下，她开心得不得了。

33 岁时，她生了一个儿子。

她觉得自己一定是被上帝眷顾的女人，她沉浸在幸福之中。

但是没多久，那男孩趁她产后休息，用她公司的名义招摇撞骗，骗了好多个她客户的钱拿去投资别的项目，亏得血本无归，窟窿填不上，人跑了。

她当时还在哺乳期，娃娃哭，要债的闹。她觉得天要塌了。

无奈之下，她选择报警。她的朋友叹着气替她尽可能地收集了男孩诈骗的证据，提交给了警方。后来男孩被警察抓了，但是钱已经被他挥霍一空。男孩被判刑。

他们离婚了，但是债主要不到钱，都来她的公司要账。

她咬牙还钱，她说，渣男是用自己的公司名义骗的钱，那就是她公司的信誉问题，她不能砸了自己招牌，这钱，砸锅卖铁也得还。

她召集了员工，跟大家鞠躬道歉："对不住大家，这是我的失职，我现在发不出来工资了，但是我可以给你们写个借条，等我有钱了，一定还你们！"

员工们知道她的现状，他们都是跟她一起创业的老朋友了，没有落井下石地要她的借条。有两个有孩子的女员工，还把自己孩子的衣服和玩具什么的洗干净了送给她，想着至少能帮她减轻一些经济负担。

其中，她最大的债主是个六十来岁的老爷子，来讨债时，正赶上一个女员工抹着眼泪出来，便问："是不是你们老板也欺负你们了？"

女员工说："不是，她是很好的老板，就是命不好。她老公用她公司名义诈骗，钱是她在还。警察都把那个人抓了，但是那个男的把钱花了，她就说这是她公司的信誉，她来还这笔钱，公司要黄了，她还有个吃奶的娃娃，以后可怎么过啊！"

老爷子皱着眉头想了半天，进屋找到她说："你是个好孩子，不能让好孩子寒心，我的钱，你先欠着，我这里还有 10 万，你拿着东山再起，赚了钱，连本带息都还我！"

那是 2005 年，钱很值钱。

她赔了将近 100 万，公司差点倒闭，硬是靠老爷子这 10 万元活下来了。

现在钱还了，每个月还给老爷子“分红”，她叫老爷子老爹，老爷子在外人面前提她，都说：“这是我闺女。”

现在公司规模也不算大，她年入六七十万，生活富裕。

她儿子小升初那年，她一直忙事业，没空关照孩子学习，所以给儿子报了个补习班。补习班是一对一授课，在老师家里，负责补习的是个男老师，也是离异带个儿子。

老师的儿子比她儿子大两岁，有时课结束了，她还没来得及接儿子，儿子就会被老师留在家里吃饭。

她的儿子和老师的儿子相处得很融洽，因为年龄相仿，又有类似的家庭破碎的经历，所以两个小孩特别有共同语言，两人中一个说想要妈妈，另一个说，羡慕你有爸爸。

他们都沉默了，沮丧地看着对方。

突然，老师的儿子说：“如果我爸爸和你妈妈结婚，我们就都有爸爸妈妈了，你也是我弟弟了！我们就可以经常一起玩了！”

她儿子觉得这个主意太棒了，他也是非常喜欢这个老师，觉得老师当爸爸真是太好了，开始和“哥哥”计划怎么撮合两位家长。

哥哥说：“首先，得让他们有生活上的接触，我们这样……”

她接儿子回家的路上，儿子“可怜兮兮”地看着她：“妈妈，你好久没有陪我出去玩了，最近我学习真的好努力，你可不可以周末陪我出去走走，我好喜欢和妈妈一起出去玩。”

当时她心里别提多愧疚了，便爽快地答应了儿子。

周末，娘俩一起去儿子指定的“同学都说好吃，我也想尝一尝”的餐厅吃饭，“偶遇”了老师和他的儿子，老师的儿子冲她儿子挤了一下眼睛，又推了自己爸爸一把说：“爸，你是男的，你主动点！”

两个大人看着这两个半大小子，明白了他们的意思。他们尴尬地互相打了招呼，4 个人坐在一起吃了饭。

两人互换了微信，闲的时候就聊一聊，老师听说了她的经历，满满都是敬佩。

有一天晚上，她快睡了，突然接到老师的微信：一直以来都是两个孩子的意思，我今天只想问问你，是为了哄孩子开心，还是也对我有好感？你要是没那个意思，这条就别回了，我们以后做朋友。

她握着手机，笑了，思索再三，回了个“害羞”的表情。

过了一会老师又回：我给这两个孩子安排了作业，明晚他俩一起在我家写作业，咱俩出去看个电影怎么样？

后来，他们结婚了。

“你们是不是笑话我这么大岁数了，还来要二胎啊？我只是想和他有个共同的孩子，而且我那两个儿子，吵着要个小妹妹咧！”

她笑得一脸幸福。

Fantang
jiuguan

第七篇：

静谧的夜里，
她穿着一袭婚纱，
风风火火来到警队宿舍楼下。

前面我提过，我以前爱玩贴吧，在那里认识了一群有趣的人。

那会儿贴吧里大多数是女孩子，只有两三个男孩。后来大家因为纷纷参加工作，就不再玩贴吧，我们几个关系好的就拉了微信群，说以后接着聊。

其中一个男孩，消失一年，前几天突然发微信给我："忙么？不忙陪我聊十块钱的，我这儿太无聊了。"

我揶揄回复："哎哟，大忙人，消失那么久，还记得我们这群哥们啊！"

他隔了好半天才回复："没办法，我这一年真的太忙了，跟你们胡侃那会儿还没毕业，这后来工作了真是没时间，最近行了，我这工伤在医院呢，才有空聊一下。"

我们有个默认的规矩，如果对方不说，不主动打探人家的私人生活，所以我一直不知道他的职业。

我问："严重么，什么工伤啊？"

隔了有一会儿，他回："不严重，胳膊断了，抓毒贩弄的。"

我眼前仿佛一亮："哇噻，你居然是个缉毒警，一定很危险吧，对了，我最近在写一些各行各业人的爱情故事，你们那儿有好的素材提供一下吗？"

他回复："我语音说吧，一只手太不方便打字了。"

于是，我根据他的语音整理出来了这个故事——

我和师父在缉毒大队认识 3 年了，我刚进警队时就是他带着。他是一名优秀的公安战士，干练，做事有激情，就是怕女朋友。

听说他高中那会儿就暗恋他女朋友，女朋友那时是班长，直到吃毕业散伙饭，第一次喝酒的他，借着“喝多”的名义，和人家告白，才终成眷属。两人大学同城不同校，继续甜蜜地恋爱着，一直到今天，已经在一起快 8 年了。

他既是我师父，也是出生入死的搭档，平日里对我百般照顾，让我刚步入社会就懂得什么叫“一日为师终身为父”。而我师娘，不是，我就称他女朋友叫小嫂子吧，师父一心扑在工作上，免不了在生活上渐渐冷淡了这个小嫂子，小嫂子也表示理解，平时两人各忙各的，有空就会腻在一起，感情一直稳当。

可让小嫂子耿耿于怀的是，两人早就到了结婚的程度和年龄，师父也在去年答应到了年底就结婚，却因为工作原因一拖再拖。师父也很无奈，计划不如变化快，他随时都会被警队叫走，结婚这件事就经常搁浅，为此小嫂子经常找我哭诉，我也没少劝师父。

后来师父和小嫂子说好，双方父母见面定一下结婚安排。可师父在去小嫂子家的途中突然收到警队的消息，发现 3 年前的毒贩意外出现在视线中。原本快到小嫂子家的他脱下西装独自赶回警队，随兄弟们执行任务去了。

师父的父母十分愧疚地去小嫂子家解释，小嫂子有些不开心，但还是极力在老两口面前表现得体。

师父的父母走了以后，小嫂子哭了，小嫂子的父亲劝她："你既然选择了他，也知道他的责任，就要接受这些事实，以后的日子这都是常事，你想好了，真的能接受么？"

小嫂子点点头，擦干泪说："没关系，我接受。"

那次任务中，师父被狗急跳墙的毒贩咬了，他怕自己感染艾滋，虽然打了疫苗，还是不放心，经常去复查。

没办法，我们的工作，就是把国家和人民利益放在第一位，每次出任务都是对体力和精力的双重考验，受伤是家常便饭。贴心的小嫂子往往会提着鸡汤、鱼汤、人参汤往单位送，我们这群光棍汉子没少沾了师父的光，要说不羡慕师父，那都是嘴硬罢了。

所以师父提出分手的时候，所有人都震惊了。他的理由是自己父母不同意，连我听了都不信，更别提小嫂子了。

小嫂子去问师父的父母，老两口也是心疼他们，帮着儿子瞒她，然后默默叹气流泪。小嫂子也清楚师父的为人，知道师傅是觉得自己给不了她安逸的生活，才想要放弃。

一向属于行动派的小嫂子来到我们单位，抃着腰把师父一顿数落：“从跟你那天起，我就不在乎什么过安生日子，只要一起过日子的是你就行，你倒好，先怂了。要都跟你似的瞻前顾后，人民警察还发不发展后代了？”

说到兴起一拍桌子，语气更加笃定：“你听好，我跟定你了！”

在安逸的生活和来之不易的真情面前，小嫂子选择了后者。师父做了很久的内心挣扎，同样放不下这么多年的感情，于是两人和好了，甜蜜如初。

那时，我们队跟一个贩毒团伙很久了，通过毒贩近日的举动，我们怀疑贩毒团伙后隐藏着更大的贩毒集团，同时也确定了毒贩此次交易的地点。这次任务非同小可，若成了，一举两得，若不成，打草惊蛇，后果不堪设想，所以这次任务必须完美收网，只准成功，不准失败。

师父和他的好兄弟成子作为队长，要全权负责这次十分危险的任务。

这事儿小嫂子并不知情，师父出发那天她还来警局送鸡汤，正好在门口碰上，师父说：“等我回来喝吧，我得去出任务了。”小嫂子习以为常，“哦”了一声，让他注意安全，问他什么时候回来。师父没多想，张口就回：“不一定啊，这次任务很危险，你看我们全副武装了都。”然后也不知抽什么风，他给小嫂子行了个军礼：“你在家等我，别担心，等我回来就娶你。”然后转身上了车。

小嫂子本来不担心，但听完这话愣了几秒，突然号啕大哭，把鸡汤洒了一地，给旁边站岗的战士吓一激灵。小嫂子也不管鸡汤，朝着车开走的方向破口大骂：“王八蛋，不会说话就闭嘴！电视上说‘回来就娶你’的人有哪个是能回来的！”

小嫂子纵然再气再急，也知道警局的纪律，她是不可以擅自跟去行动的，于是在警局外边等了一天一夜，左等右等，急得就差上屋顶了。

好在生活不是电视剧，缉毒队成员经验丰富，身手了得，不仅成功抓获了毒贩，还一举剿灭了毒贩老窝。师父毫发无损回到了小嫂子身边。小嫂子提着的一颗心终于放下了，搂着师父又抱又亲，惹得众人哈哈大笑。

天有不测风云，毒贩内外呼应的同伙在逃亡的时候，盯上了成子，通过一系列的暗中盯梢和跟踪，几天后丧心病狂地绑架了他小学五年级的儿子，留言说，要用已经被抓进牢里的他们的“老大”交换——最让人担心的事还是发生了。成子的爱人在警局哭得撕心裂肺，死活要用自己的命去换儿子，那是师父第一次看见稳如泰山的成子变得慌乱，成子无声地流泪，愧疚地拿头撞墙。

好人多福，有惊无险。解救人质的当天，谈判专家机智冷静，稳住场面，攻破敌心，营救队经验了得，前后包抄，最终成功制敌。营救告捷后，孩子虽平安归来，但也生生让这劫后余生的场面吓昏了过去，整整一个学期，经常半夜被噩梦惊醒，本来学习成绩优异的他，一落千丈。成子爱人不得不给儿子办理了休学一年，和自己爹妈带着孩子游山玩水，调节心情。一个家庭就此留下了难以想象的阴影。

那阵子，参加了营救的师父像变了一个人，整日沉默寡言，一个父亲的心痛和一个母亲的绝望印在他脑子里，久久挥之不去。

通过这件事，师父不得不再次担忧起和小嫂子的未来，如果以后他也遇到同样的恶劣事件，置家人于水火之中……如果这次盯上的不是兄弟是自己，如果自己又不像兄弟这般幸运……如果这次侥幸了，那下次呢……不，他不敢再想下去了。

一个男人如果无法给心爱的人安全感，只凭一腔孤勇的爱是说服不了自己的。巨大的无力和心痛如决堤之水，和好没多久的甜蜜被接踵而来的无声恐惧冲垮，师父痛定思痛，再次提出分手。

小嫂子的电话一个接一个，师父不接，眼圈泛红，转身去了阳台抽烟，一根接一根。

我以为这次分手会像上次一样短暂，可事实并非如此。师父拉黑了小嫂子的所有联系方式，用能想到的所有方式回避她，还给自己父母订了回老家看自己姑姑的机票。小嫂子也想开了，再也不电话轰炸师父的家人和朋友，再也不来单位数落师父，这段爱情像被捻灭的烟头，无声地平息了。

有次工作完，师父伸了个懒腰："累啊，总感觉差碗鸡汤！"说完就寂静了，师父尴尬地笑笑，接着说："大家也辛苦一天了，收拾收拾，我请大家下馆子喝鸡汤。"同事们互递一个心照不宣的眼神，是啊，师父哪能真忘了小嫂子。

当我以为爱情的海面要彻底回归平静的时候，不走平常路的小嫂子果断拿起定海神针翻搅起海底——静谧的夜里，她穿着一袭婚纱，风风火火来到警队宿舍楼下，手里拿了个大喇叭，对，就菜市场那种，如卖菜般吆喝着师父的大名……

警队一向是纪律严明的地方，哪出过这新鲜事儿，没到几分钟整个警队楼就炸了锅，大家扔了手里的事就往楼下跑，看热闹不嫌事大，跟着小嫂子一起喊师父的名字，喊得比口号还响。

我师父吓得脸煞白，手抖得连牙刷缸子都握不住，那可是警队啊！虽然这会儿想纪律就显得矫情了，但主要是局长办公室就在楼上，这会儿他应该还没走呢！

师父反应过来，撒丫子就跑下楼，楼梯都不按阶下，按层下的，来到小嫂子面前，气没来得及喘，先赶紧摁了喇叭，然后才大口呼吸空气。

师父点了一下小嫂子的头，“胡闹”二字没说完，就让小嫂子生生堵回去：“唉，我也想煽情点靠自己喊你，可最近感冒了，嗓子疼……”

师父急了，也心疼了：“你还知道自己会感冒呢？这大晚上你穿的这啥玩意，一层纱。”说完就把自己的外套脱下来披在小嫂子身上。

师父这才重新打量着多日不见、此刻穿着一身婚纱的小嫂子，一没忍住笑出声：“你这女人也太厉害了。”

小嫂子一手拤着腰：“必须厉害，我可是要摆平缉毒警的女人……”不知她又从哪儿掏出一个精致的小盒子，里面是一副银戒，神情庄重，“娶了我吧，你保护全天下，我守卫我们家。”

周围人的起哄劲再次被鼓动，喝彩的喝彩，鼓掌的鼓掌，吹口哨的吹口哨，激动得像嫁人的是自己：“娶了她！娶了她！”

师父却一脸纠结，喉咙动了动，欲言又止。

这时候人群中走出来一个身影，大家倒抽一口凉气——局长来了。局长一脸严肃，走到正中间，拾起小嫂子刚搁下的喇叭，放到嘴边：“注意纪律，都给我回宿舍！”

大家鸦雀无声，欲走还留，没一个人真正走远。

这时局长走到师父面前，拍了拍他的肩膀，笑呵呵起来：“快娶了人家啊，小姑娘都那么勇敢，我说你个大老爷们的磨磨唧唧……”

师父如梦初醒，给局长行了个军礼：“局长，明天我想请个假，请给予批准！”

局长蒙了：“现在是说这事的时候吗？”

师父笑眯眯看着小嫂子：“嘿嘿，明儿我得去给媳妇买只带钻的戒指啊！”又转头对身后暗中观察的兄弟们喊道，“都存钱准备给我随份子啊！”

Fantang jiuguan

第八篇：

夜深人静时你有没有问过自己，
是否为了爱而努力过，
没有的话，为时未晚。

“柠檬，我想给你讲一下我姑姑、姑父的故事。”大栗子说。

姑姑和姑父都是八零后，两个人都是很有出息的孩子，是某大学同校的学生。姑父是化学系的学长兼学生会主席，姑姑数学系的，是小他一届的学妹。

姑姑是文艺部部长，平日里搞活动少不了和主席姑父打交道，一来二去，姑父被办事能力强、长相文静的姑姑所吸引，一直暗送秋波。

奈何姑姑心眼老实，没往那方面想。有次，化学系和数学系搞联谊活动，姑父听见姑姑和随行的同学聊天，说什么那个男孩还不错呀之类的话。当年还算是个保守的年代，姑父也实在着急了，怕她哪天跟别的男生好了。

其实无关年代，人都是这样，突然意识到有个人非常重要的话，就会开始害怕失去，专业名词叫作患得患失。

于是，两个系的联谊活动结束后，我姑父吞吞吐吐地把我姑姑叫到一边：“吴同学，我……注意你很久了，我想跟你交……交个朋友！”

姑姑回忆起以往的点点滴滴，才恍然大悟姑父原来喜欢她很久了。姑姑不是扭捏的人，两个人很自然地谈起了校园恋爱，每天一起上下课，一起吃饭。当时两个人都是穷学生，约会多半在图书馆，日子过得清苦但是很快乐。

快乐时光往往显得短暂，很快，他们大学毕业了，不得不先回到自己的家乡谋职。两个人在车站依依不舍地分别，走两步就回头看，一回头，另一个人也正往这边看，两个人又像磁铁一样把对方吸过来，紧紧抱在一起。那时候通信不如现在方便，哪有什么手机视频聊天，电脑也不是每家都有。于是两个人看了对方好长时间，好像从来没仔细记住过对方一样。

姑姑回到家乡，去了一所高中当数学老师，教得很好，又写得一手好板书，她平易可亲，学生们都很喜欢她，她的数学课还多次获得外校听课老师的表扬，在当地发展得一帆风顺。事业稳定了，家人就操心起家庭的问题，有亲戚给姑姑做媒，介绍了好几个本地的各方面条件都不错的小伙子，姑姑都不要。

有一天奶奶给她安排了一场相亲，让她无论如何也要见见。姑姑不想去，就跟爷爷奶奶坦白，说其实在学校谈了个男朋友，一直通过电话联系着，如今想要带回来见见。爷爷本来是高兴的，谁知问了一下姑父的基本情况，居然大发雷霆起来，一百个不同意，说："他是外地的，家在农村，上面还有 4 个姐姐，你嫁过去要吃苦头的呀，砍柴烧火你会吗？”

爷爷更是说出“我不希望我将来的外孙是个外地人”的话。

因为姑姑是爷爷的小闺女，爷爷是快40岁才有的姑姑，他思想守旧，是比较排外的，也怕姑姑嫁过去吃苦。为此，父女俩大吵一架，我姑姑把自己反锁在卧室大哭一场。

姑父知道后在电话里安慰姑姑：“小娅别哭，你等我3年，等我考上研究生了，我们就结婚。”

我姑姑哭着点头答应了，可是往后的3年里，家人还是不断让她相亲，她都想法子糊弄过去了。

那会儿我姑姑在常州教书，姑父在镇江，每到节假日的时候，姑姑就说工作原因，要去外地听课，其实是打着幌子坐火车去镇江看姑父。姑姑的补课费全都搭在了火车票上，现在两人还留着一盒子那时的火车票，姑姑怕时间久了褪色，还用透明胶带都“塑封”了，说这是他们珍贵的回忆。

那时候他们没多少钱，姑父家庭条件不富裕，拿不出除了给他读研外多余的钱，只剩姑姑一个人有经济来源，又因为姑姑和家里置气，没问家里拿过一分钱，所以平时不上课的时候，姑姑就去当家教赚外快，很是辛苦。

姑姑去学校看姑父的时候，只舍得买半只烤鸭，自己不吃，是留给姑父的。那时候学校外面有卖手工手链啊什么的，姑父心里念着姑姑最喜欢这些小玩意儿，竟把生活费省到了极致，加上教学金和补助金什么的都存下来，看见好看的便买下，等姑姑来的时候送给她。

相濡以沫的 3 年过去了，姑父很争气地考上了研究生。消息下来的时候，姑父还没往家里报喜，就第一时间把电话打给了姑姑，告诉姑姑说他考上了，有脸面去见她爸妈了！姑姑听到以后，在电话那头差点哭出来。

那会儿我姑姑已经 27 岁了，家里这边 27 岁的姑娘孩子都有了，那 3 年对于她来讲太不容易了。

有情人终成眷属，姑父终于能正大光明地带着东西正式上门提亲。爷爷奶奶看小伙子蛮有出息的（2008 年的时候研究生还是蛮洋气的），姑娘老大不小了，又一再坚持，而小伙子一看就是对自己家姑娘很好的样子，松口就同意了，然后姑姑就成了姑父的未婚妻。

后来姑父说想去上海发展，上海是个大城市，想去闯一闯，自己学的是化学专业，上海有很多大公司可以去试试看。

我姑姑想都没想，说：“好，我跟你去。”

姑姑立马就辞了教师这个铁饭碗的工作，义无反顾地跟着姑父来到上海打拼。刚到上海哪有那么容易立足啊！还好姑姑考了六级英语证书，口语也不错，找了份在外企当翻译的工作。

有一次，公司来了一个想来上海开连锁公司的外国女客户，想去看看上海的民俗风情，姑姑热情洋溢地一路翻译，说得女客户心潮澎湃，末了觉得很喜欢姑姑，夸她的解说很棒，然后买了个包送给姑姑作为感谢礼物。姑姑却执意不要，说这是她的工作，她认真对待只是分内事而已。听完，外国女客户更加欣赏姑姑，连夸中国人品性好，姑姑说她当时也算为国争光了一把。

而姑父呢，也成功应聘了某大型化妆品公司，正式进入集团的化学研究所工作。如此一来，两个人就算是在上海立足了。

刚开始，两个人一个月加起来才 8000 多块钱，房子也是租的，每天就炒两个素菜吃，虽然很苦但是两个人能在一起就觉得很幸福。

就这样过了一年多，姑父开始想着去外企发展看看，外企工资高。但是进外企他得会英语，反正姑姑英语比较好，就每天下班回家后教姑父说英语，姑父有口音，纠正起来很困难，经常两个人教着教着就哈哈大笑。

姑父非常努力，每天早起朗读英语，晚上回来再学习单词。工夫不负有心人，姑父顺利跳槽到了德企，工资也涨了一倍，他们的生活水平也大有提高。

随着生活质量的提高，也体会到了大城市的好，姑姑姑父想定居在上海，打算买房子，就问亲戚们东拼西凑借了 20 万，贷款贷了 30 万，在上海买了个 60 平方米的二手房（感谢那年房价）。虽然房子小，还是二手房，但总算是有属于自己的家了，这对当时的两个人来说，已经很满足了。

后来，两个人更加努力，3 年内把借亲戚们的 20 万还清了。两个人这才安心把户口迁到了上海，虽然为了还贷款仍然拮据，可有一件事，他们都不愿再等了——姑姑、姑父结婚了。

没有婚礼，有天地为鉴；没有婚纱照，有红底的结婚证照片；没有钻戒，有素戒一对；没有酒席，有两个人的烛光晚餐。

后来姑父的职位越做越高，工资跟以前比不知道翻了多少倍，于是他带姑姑回了老家，补办了个风风光光的婚礼，同时也是为了让二老放心，姑姑跟着他过得很幸福。

生活质量有保障了之后，两个人打算要孩子了。我姑姑怀孕后，就休了长假，在家安心养胎。突然有一天，我妈接到姑姑打来的电话，那时候我姑姑怀孕两个月，姑姑带着哭腔说医院查出来说肚子里是个肿瘤，没怀孕，然后哭得更厉害了。她没敢告诉姑父，只告诉了我妈。

我妈行事作风比较稳，安慰道："别听医生胡说八道，万一误诊呢，你明天收拾收拾就回家，嫂嫂照顾你。"

回家后我妈带着姑姑去妇婴医院又检查了一遍，说没有看见肿瘤，可能是孩子胚胎刚形成，医生看错了。

真是虚惊一场。搞笑的是，我妈那时候挂完姑姑的电话就给姑父打了过去，那时姑父正在德国开完会，接到电话后马不停蹄地回到家里。见面后看见姑姑惊讶的脸，姑父张口就安慰，在飞机上已经做好最坏的打算，花光积蓄也要治病。

姑姑笑得接不上气，告诉姑父："傻瓜，宝宝好着呢！"

终于，在他俩36岁的时候，可爱的小公主出生了！他们变成了幸福的一家三口。

现在姑姑、姑父的日子越过越好，这么多年我从未听说他们吵过架。我在想，是姑姑挑老公的眼光好吗？当然不是，姑姑充其量是选对了人，而让他们幸福如初的重要因素，是两个人为了不辜负爱自己的人，为了能和对方一起生活而不断努力。

是啊，幸福一直都在，但它是挂在高空的明星，不会长脚朝你走过来。有的人说自己不幸福，是因为他们只知道等，还怨天尤人。而那些幸福的人，皆是二话不说便去努力争取的。

看了这个故事，夜深人静时你有没有问过自己，是否为了爱而努力过，没有的话，为时未晚。

Fantang jiuguan

第九篇：

作为报答，
把我自己给你啊！

“柠檬，经常在你的微博看故事，我看大部分都是你自己的和女孩子们说的，今天，本人男，爱好女，想讲一下我们的故事。”

那年，我办卡的健身房里新来一个奇怪的女孩，她每天风雨无阻和朋友一起来，然后朋友在跑步机上跑得如火如荼，她却坐边上看书，最多在跑步机上慢走会儿，这样的她成功引起我的注意。有句话怎么说来着，女人不健身的理由堪比浪子不回家的借口。

有一次我准备打道回府的时候，那女孩儿又出现在我的视野中，果然，她还在岁月静好地看书，我照例向她投去欣赏的目光，好一个神秘并漂亮、视办卡钱如粪土的新时代女性。

到家以后我准备叫个外卖，找遍全身都找不到手机，突然想起来在健身房随手放跑步机上了，因为平日里经常丢三落四，我一度怀疑自己长脑袋只是为了让身高看起来更高点。

等我回到健身房，在那台跑步机上却没有找到我的手机，正在我着急时，那个奇怪的女孩走了过来，笑得很甜：“这是你的手机吗？我在这个跑步机上看到的。我看你一直在找什么东西，是找这个吧？”

我一看，这可不就是我手机么！

我连忙说：“谢谢，谢谢，今儿遇到好人了！”

她扑哧笑出声：“我就是怕万一有人给你拿走，就替你收着了，是你的就好。”

那是我第一次近距离看她，皮肤很白，五官清纯，让我这颗纯洁的直男心顿时春回大地百花齐放，一紧张来了句：“麻烦你了，中午有空没？我请你吃饭啊！”

说完我就想给自己来一套军体拳，这宇宙无敌的直男措辞不被当成变态实在是难。看得出女孩也有点局促，说了句别客气就走了，徒留我在风中凌乱。

我一个根正苗红的好少年，怎么能允许女孩对自己有变态的误解？况且还是这么漂亮的女孩子。于是我在健身房前台软磨硬泡要女孩的手机号，拿出清白理由和人品保证，就当我准备把生辰八字拿出来证明好公民身份的时候，老板相信了我。

我查找手机号加了女孩微信，解释了来意，说那天的对话太唐突了，请她莫怪，今天来是想正式谢谢她。她古道热肠让我别放在心上，还告诉我她叫小甜。

小甜，啧，真是人如其名。

有天下班回家，看见草丛里有团毛茸茸的活物，我以为是老鼠，走近一看居然是一窝灰扑扑的小奶猫！因为特别喜欢小动物的原因，我的背包里常年备一些宠物粮，好随时喂流浪猫狗。

可能是喂猫太专心，好一会儿才发现小甜在我身后，笑眯眯地弯着腰，手里也拿着一袋猫粮。

我应该是从那一刻确定自己喜欢上她了。

原来我们在同一个小区，缘分啊！我们把小奶猫送到流浪宠物救助站，还约好以后要经常一起来看它们。回去的路上，小甜笑眯眯向我伸出手："交个朋友呀！"

这次偶遇就像上帝的手撩开了我们之间的雾，一样的爱好一下子拉近两个人的距离，"变态"的误会不攻自破，我面色坦然握住她的手，感觉手软软的，心也软软的。

我们在微信上的联系也多起来，经常聊一些"在干吗""今天看到你咯""你感觉楼下的咖啡馆怎么样"的话题。

在健身房里，她还是那个不爱运动的女孩，只不过身边多出个我一会儿带她上跑步机，一会儿带她骑单车，她还是没几下就疲惫了，不好意思地笑着摆手。这没什么不好意思的，我心想，一个家里有一个人有腱子肉就够了。小甜的朋友仿佛看出我对她有意思，我在的时候，就冲我隐晦一笑，跟小甜打招呼说去练别的了。

小甜很喜欢游乐园，为此我向公司请了假带她去，她像一个贪玩的孩子，兴奋地指着海盗船说：“你坐过这个吗？好不好玩？”我说：“挺刺激的，我们玩一次？”小甜咬了咬嘴唇，又指向摩天轮：“陪我玩摩天轮吧。摩天轮不是情侣必玩项目吗？”我暗喜：“没问题！”

就这样，我了解着她生活的同时，也拼命表现着自己，冥冥中我俩像进退自如的默契舞伴。很少有人能给我这样乐在其中的舒服感觉，随着关系越来越融洽，我也一直在等合适的机会表白。

有一天晚上，我约她在本地最好的西餐厅吃饭，庄重的环境，暧昧的气氛，此时不问更待何时？我灌半杯红酒下去给自己壮胆，咳嗽两声：“小甜，认识这么久了，你只当我是朋友吗？”

她一怔：“不……不然呢？”

我装出很伤心的样子：“原来你就把我当朋友啊，都没有在前面加一个‘好’字。”

她笑了，还是那么好看，我恢复了一脸正经：“其实，我喜欢你很久了，你要不要也试着喜欢我？”

她白皙的脸上升起红晕，正当我以为男女嘉宾马上就要牵手成功的时候，她垂下眼睛：“对不起，我们不合适。”

什么情况，本人虽不说貌比潘安，但也很下饭，而且没任何不良嗜好。

果然还是……不行吗……

没等我反应过来，她接着说："我有先天性心脏病，你也看到了，我的喜怒哀乐都不能放肆，运动更是不能过度，而且……总之你和我在一起，日子不会轻松的，我给不了你保障和幸福，备不住我哪天就会死去。"

最后她说："你就当为自己负责，回去认真想想再说吧。"

那天回去我翻阅了很多有关先天性心脏病的资料，辗转反侧，想了很多，东方既白时我发微信给小甜：健身房等你。

小甜既没回，也没来。我慌了，给她打电话显示用户繁忙，发出去的众多消息也石沉大海，没有回响。

我只知道小甜和我住同一个小区，以前觉得问别人太具体的问题怕女孩以为我是坏人，所以连几号楼都没问过，这下去哪儿找？我去了小区里每条小道，有猫狗的地方就多呆会，没找到。去了流浪宠物救助站，也没见到。

失望中的我灵光一现，记起来以前和小甜的那个朋友聊过几句，她说自己是某某幼儿园的幼师，于是我抱着侥幸来到幼儿园。

过去的时候正碰上小朋友放学，放眼望去，她朋友正在组织小朋友排队。我就在边上等着，等最后一个小朋友出了门，她终于注意到我，叹了口气，朝我走过来："我知道你的来意，这傻姑娘怕变成你的累赘，不敢再出现在你面前，她昨晚和我说了很多，就算在一起，她有先天性心脏病是不能生孩子的，这对你来说不公平，所以劝你放弃。"

她朋友说的这些我昨晚就已经知道了，本来今天来就想告诉小甜，在爱面前一切困难都得让步。如果这个病让她觉得自己是累赘，我更要用实际行动告诉她，她不是。

见我沉默了，她朋友又说："小甜就是怕自己被别人歧视，才会选择陪我来健身房，想享受正常人的生活，对我们来说，健身运动是一件乏味劳累的事，但是对小甜来说却是奢望。我和小甜是多年好友，我劝你想清楚，小甜经不起打击，你自己能接受这样的她，可是你父母那里呢？你没有万全之策之前，别招惹小甜，她跟我说过，对你是有好感，但是如果你终究要让小甜失望，那现在就不要给她希望。"

我回去仔细思考了她朋友的话，最终心里有了答案。

我从民间宠物救助站收养了一只因为患心脏病被人遗弃的小猫，拍张照片给她发了过去：小家伙和你一样有心脏病，你一定能比我更会照顾它，你拒绝我可以，但你忍心拒绝做它的女主人吗？作为报答，把我自己给你啊！

这一次，她回：讨厌。

我们恋爱了，幸福的人大体相同，恋爱的过程就不讲了啊！

一年以后，我们互相见了父母。我妈很是喜欢漂亮温柔的小甜。轮到我去见她父母之前，她有些扭捏："那个，我有个事儿一直瞒着你。"

我当时脑子一蒙，问她："什么事啊？不会是惊吓吧？"

小甜有些为难："还记得我跟你说过我爸是做什么的吗？其实我是骗你的。"

小甜跟我说过她爸爸是公务员，难道不是？"啊？你爸不是公务员吗，无所谓啊，我又不是娶你爸！"

小甜说："我爸，是 ×× 军区师长。"

我的天，我这四舍五入要娶一个小公主啊！

小甜说："别的追我的男孩都是图我爸的身份，只有你不一样，只有你是不嫌弃我，真的喜欢我这个人。"

看到这里，如果你问我们最后在一起了没，我不弹你脑壳才怪！我们郎才女貌、天作之合当然在一起了。

这几年小甜也有过生育的念头，被我颇有男子气概地一哭二闹三上吊打消了念头，气我都不舍得让她生，更别谈生孩子了。我拜托在男科工作的朋友给我整了张不育证明，把三姑六婆蒙得服服帖帖。我爸妈更是感动得鼻涕一把泪一把，认定了是祖上积德才让心善的小甜收了不育的我，一直对她比对我这个亲生儿子还好。

如今我们已经结婚5年啦，还领养了一个被人遗弃的女婴，眉眼像她，机灵劲儿像我。

Fantong
juguan

第十篇:

老李说:
抑郁症最需要的药，是爱。

故事是朋友老李讲给我们的。

老李毕业以后回了老家当精神科的医生，一个十八线小县城，医疗资源有限，虽然工资不高，但是工作好找。老李本不老，奈何就是长得着急，大家便叫他，老李。

这件事发生在他任职的医院里。

老李说：抑郁症最需要的药，是爱。

老李因为这个职业，形形色色的人都见过，他负责过的患者数不过来，让他记忆最深刻的，是两个同一天住院的中度抑郁症患者。当时精神科只占有小半个病区，病房资源紧缺，老李只好把他们安排在同一个病房。

有一个患者是男孩，来之前自杀未遂，从ICU转过来的。你知道的，抑郁症能轻而易举剥夺人活下去的勇气，让人心生绝望，仿佛死了才能解脱。他家人觉得他这病就是矫情，把他塞在这儿，自己一个月也不来一趟。我们护士怕他再有自杀倾向，每天检查他屋里有无危险物品，不让他关门，好实时监控他。

老李的语气变轻快起来：“同病房的是一个女孩，她的病情稍微好一些，家人不觉得抑郁症是什么丢人的病，每天都在鼓励她，陪她积极面对。”

女孩那一家都是善人，注意到男孩的情况以后，把男孩当成自己的孩子一样照顾，什么吃的啊用的啊，都会给男孩留一份。可能是自己家人冷漠的原因吧，男孩变得不相信任何人，任谁的温暖也油盐不进，每天除了发呆就是画画。

我好奇地问："他喜欢画画？都画些什么？"

老李想了想，说："他的画色调灰暗，画面给人一种苦闷的感觉，有的内容甚至血腥，但是当你看那些画的时候，你能接收到他是在表达孤独、恐惧和迷茫。与其说喜欢，不如说画画是他唯一安全的发泄方式。"

有一天，风吹起了他随手放在桌子上的画，女孩从地上捡起来，看了又看，小心抚摸，像在对待一件稀有的艺术品，然后小心翼翼对他说："你的画掉在地上啦！"男孩眼皮也不抬，无所谓地说："那有什么，反正也要扔的。"女孩听了，一把抽回那张画："为什么要扔？一看就是用心才能画出来的。"

男孩突然哼了一声，像听到什么笑话："一颗残破的灵魂画出来的东西，谁会在乎，就是一张破烂。"说完，悻悻然扔下画笔，躺下开始睡觉。

女孩没有被他的不礼貌影响到，而是蹲下来悄悄把那些撕下来的画整理起来，并寓意深长地自言自语道："能画出这样的‘破烂’，世上都找不出第二个了。”

男女同病房本就不符合规定，虽说病床与病床之间有帘子，也有独立卫生间，但我还是决定按流程走。等其他病房空了一间，我便去问他俩谁愿意搬到另一个病房，向来郁郁寡欢、一字不发的女孩居然主动要求不分开。我思来想去，觉得男孩有女孩的家人照顾也是件好事，而且人家都主动要求了，我还能怎样？

说到这里老李笑了：“那时她眼神里是有东西的，只不过那会儿我想少了。”

患者住院期间回家需要请假，有一阵子女孩请假的次数明显多起来，每次回来手上都拎个饭盒，我想着她家人每天轮流着寸步不离地照顾她，也用不着她亲自回家拿饭啊！后来有个意外发现——原来男孩不好好吃饭，经常一天下来只吃几口，女孩担心他营养不良，劝说无果后，居然开始每天回家亲手做爱心餐给男孩吃。女孩还问我要过男孩的资料……唉，对了，这不是韩剧女主角示爱那一套吗？真是未曾想，女孩以前对啥事都提不起兴趣，现在居然有兴致照顾别人了，女孩家人说很久没见过女孩像这样眼里有光了。要我解释，就是因为爱情有奇迹。

一开始男孩倔强不领情，女孩想了个法子。有一天，她像往常一样把饭盒打开搁在他面前，然后把贴着创可贴的手指举起来，可怜兮兮地说："它可是为了把胡萝卜切成心形才挂彩的，你起码把胡萝卜吃完吧。"男孩面不改色地听完，结果别说胡萝卜了，就连一粒米都没剩下。

虽然男孩表面依旧冷漠，待人处事没什么改观，可从那以后除了画画，还会在窗口等拎着饭盒的女孩出现。

自那以后，男孩每次都吃得粒米不剩，女孩更是变着花样给男孩做爱心餐，还借着无聊的名义让男孩陪自己看喜剧片，一会儿又照着电视里给男孩扎俩冲天辫，男孩一边装作嫌弃，一边任她摆布……数天来，虽然男孩喜怒不形于色，可是病情明显好转了许多，有的人就是这样，不擅长表达自己的情感，心却渐渐地浮出水面。

有一天，女孩像往常一样请假回家做爱心餐，男孩百无聊赖，想把房间收拾一下，他先收拾的女孩那边，可能是心存感谢，也可能是把女孩当成了朋友，反正无形中，他已经把女孩放在重要的位置。正收拾着，他看见女孩枕头下面露出了一个彩角，他抽出这个彩角，竟然抽出了一本精美的画册。

"正因为我的灵魂也残破过，所以我知道，被在乎有多重要。"

封面上写着这么一句话，看得男孩突然回想起什么，心头一热。翻开画册，他看到里面的画果然都是他画完随手丢下的，此时却被人精心装订了起来。

男孩顿时哑言，其实像他这种怀疑人生又被抛弃的人，自暴自弃都在一念之间，拯救他们的往往就是那点温情，而这点温情，何尝不是世人最吝啬的东西？

女孩像往常一样请假回家，男孩像往常一样在窗口等，不一样的是，这次女孩没回来——家人突然给她办了出院手续，急匆匆的。

变故像一个喷嚏，来得让人措手不及。男孩不知情，还紧紧抱着画册，在夕阳下翘首以盼。

天黑了，那个熟悉的身影没来，男孩感觉空空的不仅是肚子。刚见到光明的落难男孩，被一棍子抡至洞底，落魄至极。往后，护工打来的饭男孩吃得很少，每天从清晨就在窗口等啊等，然后等来夕阳，等来日落，等来长夜。

等了一周无果，可日子要照过，不是吗？男孩心想，女孩一定不希望自己继续这样的。后来，饭照吃几口，日常也只剩下了画画，睡觉时他也紧紧抱着这本画册，像孤注一掷的人紧抱着续命的筹码。

再后来，男孩的家人不再交费，护工没有钱收，自然也不来了。所以那是男孩住院的最后一晚。护士像往常一样巡视病房，像往常一样把灯关了。紧接着，一个熟悉的身影唱着生日快乐歌走进来，蛋糕上的蜡烛照得她格外温柔，直到女孩已经走到他面前，男孩还傻站在原地，接着，就分不清是烛光在闪还是男孩的眼睛在闪了。

“先许个愿啦！”她说话还像个稚气未脱的小女孩，总是“啦”个不停，男孩喜欢她这样。

男孩双手合十，十分虔诚，然后睁开眼笑了，像是许了一个关于爱的愿望。

女孩为不辞而别道歉，姥爷在外地爬山时摔断了腿，妈妈心急火燎直接带她去了外地，让爸爸回来善后，当时男孩在做检查，爸爸又走得着急，这才不辞而别。

男孩害羞嘴笨，欲言又止，他不知道如何表达想念，但有一样东西可以——他把画册递给女孩的时候脸红得像沾了油彩。那是一本新画册，册子里画满了女孩，拎饭盒的、举着受伤手指扮可怜的、哭的、笑的、生气撒娇的……他不仅不怪女孩，反而感谢这次暂别让他知道自己有多喜欢女孩……他对女孩的感情，是平静湖水下面藏着的汹涌深情。

没多久，男孩也出院了。

后来听说，男孩在女孩父母的帮助下，找了个少儿美术培训机构当老师，画风也开始变得清新可爱，颇受孩子们欢迎。

他们真的在一起啦，还邀请老李参加婚礼，说老李是“月老”。如今老李还留着婚礼现场的视频——

一对新人对望着，仿佛全世界只有他们，背景音乐静下来，新娘拿着麦克风，真诚又可爱：“我希望你开心，希望四季里每一天的颜色都能安抚你的情绪，希望掌管你愉悦的每根神经、每个细胞都满满活力，生生不息。”

说完新娘猛亲新郎一口，新郎脸红了，害羞起来有点像刘昊然。

我突然想看看他们住过的病房，老李打开视频，得意地抬手一指，说：“不知道是天意如此，还是机缘巧合，当时就这屋空着了！”

我顺着他指的看去，是13、14床。

第十一篇：

我今年就要毕业了，
我就是喜欢你啊！
你再不答应，我们就没机会了！

一个文艺类学校的老师跟我讲述了这么一个故事。

当年他们学校，有一段尽人皆知的佳话。

他们学校里，舞蹈系和戏剧系的有好多漂亮小姑娘，有时就会有不怀好意的外校男生来溜达，为此，学校还安排了男老师巡逻。

有天，一个漂亮姑娘回学校有点晚，接近宿舍锁门的时间了，快到学校时，有个小流氓拦住了她的去路，猥琐地张开双臂说："美女，搞对象不？你看这么晚了，你这么漂亮，一个人多危险，以后让哥哥我保护你啊！"

姑娘皱皱眉头，说："让开。"然后快步绕过小流氓，小流氓见状赶紧一扭身，再次拦住她："美女别那么无情嘛！"

姑娘刚想给他点教训时，正好舞蹈系的一个男孩路过："你干什么呢？"男孩走到女孩身前，挡在她和小流氓之间，质问小流氓。

"你认识他么？"男孩转过头问姑娘。

姑娘摇了摇头。

男孩呵斥了小流氓几句，虽然舞蹈系男孩个子不矮，但是挺瘦弱，小流氓为了展现自己的"爷们"，跟男孩动起手来。男孩也没打过架，自然不是小流氓的对手，被小流氓使出的蛮劲儿推倒在地。

小流氓跨步上前，抓着男孩的领子就要给他一拳，说时迟那时快，姑娘抬腿一脚把小流氓踢得远远的，几步过去左右开弓踹在小流氓脸上。姑娘穿了一个细细的低跟鞋，这两脚下去，小流氓脸上立马出来两道血印子，他一愣，怕是没算到姑娘有两下子，气从中来，又朝姑娘扑了过来，姑娘见状往边上连撤了几步，漂亮的一个回旋踢，让小流氓摔了个狗吃屎。小流氓惨叫一声，估计是硌到了很疼的地方，捂着肚子赶紧跑了。

男孩被眼前的这一幕震惊了，都忘了站起来，没想到有生之年能亲身经历“美女救英雄”的场面。姑娘拍拍手，冲男孩一笑，走到他面前，边扶他边道谢：“刚才谢谢你哈！”

男孩不好意思地挠挠头，说其实也没帮上什么啦！姑娘笑笑，还想说些什么，只听保安大叔的声音传来：“该锁门咯，恋爱明天再谈，快进来！”看来保安大叔是把他俩当成依依不舍的小情侣了，姑娘有点不好意思，跟男孩说了句“再见”就匆匆回宿舍了。

女孩走后好久，男孩还在原地回味刚才的场景，他本意就是想帮姑娘一把，纯粹的路见不平，但是看完姑娘打跑了小流氓，竟然一见钟情了。

后来男孩几经打听，知道了姑娘比自己小一届，学京剧的，天天练踢花枪什么的，可以说是会点功夫，虽然长得瘦，但是腿劲儿大，这么一来姑娘“美女救英雄”也就情有可原。

男孩开始了求爱之路，从一开始羞涩地让人帮自己送情书到光明正大地在姑娘班门口送花，搞得尽人皆知。可是姑娘最后拒绝了，并且明言相告，不喜欢男孩这种文弱书生型，她一心喜欢硬汉类型，但说可以和男孩做朋友。

男孩听了以后，更喜欢女孩了，觉得女孩不是那种欲拒还迎，而是有啥说啥的人，就决定先作为朋友默默地陪在姑娘身边，不再大张旗鼓地追求姑娘。

男孩也不是轻言放弃的人，快毕业时有一场文艺汇演，男孩和姑娘都是各自系里的优秀学生，都被邀请参加演出。

谁知，男孩表演完突然冲台下喊女孩的名字：“我今年就要毕业了，我就是喜欢你啊！你再不答应，我们就没机会了！”

女孩大吃一惊，万没想到儒里儒气的男孩有这样的勇气，周围的同学轰然起哄，喝彩的、吹口哨的，目光纷纷落在捂脸的女孩身上。

当天，教务主任就找这男孩谈了话：“我也理解你们小年轻，血气方刚嘛！但是你得分场合啊，这样吧，你写个 800 字检查，明天在校园广播当众念一下，以后可不许了啊！”

男孩深深鞠躬：“老师您放心！”然后小声嘟囔，“反正也没下次了。”

于是第二天，校园里各处广播都响起了男孩的声音：“大家好，我是昨天在演出时给 ×× 同学表白的 ××，接下来给大家念一下我的反思书……

……最后，我对昨天的行为感到抱歉，是我考虑不周全，昨天的场合人太多，×× 姑娘就算想答应我也不好意思说，这是我的失策，我想借此机会让 ×× 姑娘能再认真考虑一下我。谢谢大家的聆听。”

这下，不仅两个系的人知道了，全校都知道了，“在一起”的口号瞬间响彻全校。教导主任气得翻白眼，直后悔给了男孩当众广播的机会，非要给他个处分，但让男孩的老师好说歹说给拦下了。

其实演出那天，姑娘的心就被男孩瞬间给击中了，她突然觉得男孩在众人面前表白的行为特爷们，虽然后来也矜持了几天，但也没扛住男孩这样的乘胜追击。

女孩觉得男孩是真的喜欢她，于是两人顺理成章地恋爱了。男孩毕业以后，还是时常回学校看姑娘，每次都会引起周围人的偷笑，因为他那次表白，全校皆知，两人成了学生情侣中的焦点。

这样过了一年，女孩也毕业了。他们两人都不是本地人，商量过后决定都留在这里，想凭自己的努力，在这座城市扎根。

男孩家庭属于中下收入阶层，姑娘家庭属于中等略微偏上一点点的，两个人都不想依靠家里。男孩为了让女孩过得好一点，想各种法子赚钱，白天接各种商演，晚上去舞蹈工作室教学生，自己省吃俭用，吃饭只吃食堂。有一段日子，他们过得非常苦，但是再苦再累男孩也没有委屈姑娘，姑娘过生日或者两人的纪念日时，他都会准备惊喜给她。

度过了最难的时期后，男孩存了一点钱，不多，但足够自己开个简单的工作室，这样一来方便接更多工作。由于超负荷工作，男孩身上留下很多伤，姑娘心疼地劝他别这么拼命，男孩说："不拼命怎么娶你？"

姑娘一直是优秀学生，毕业后留校任教，但是不坐班，所以时间灵活的时候，她也会接很多演出，为了减轻男孩的压力。

刀马旦嘛，主要是看功夫，一次演出，姑娘由于近期太累，翻跟头时重心不稳，一不小心从舞台上摔下来。周围的同事连忙把她送到医院，那会儿姑娘的腰已经动不了了，医生正在检查的时候，某同事打电话通知了男孩。

男孩火速来到医院，医生跟他说，如果恢复不佳，姑娘可能没办法要孩子，因为腰撑不住一个胎儿的重量，严重的话会瘫痪。

不能生育对一个姑娘家来说是件大事，姑娘听到以后无助地哭了，男孩安慰她："要不要孩子无所谓，只要人没有危险就行。"然后笃定地说，"别怕，我明天就去见你父母，只要你愿意嫁给我，我绝对娶你，不辜负你，你要不是因为跟着我这个穷光蛋，不用受这份罪的，我要因为这个抛弃你，我还是人吗？"

姑娘做了手术，期间男孩推掉了一切事务，全心照顾住院的女孩。等姑娘的腰恢复到能自由下地活动了，男孩便提着礼物上门拜见了她的父母。

姑娘的父母很喜欢这个男孩，觉得他文气，懂礼貌，随时保持着微笑，又很上进。

姑娘很长一段时间都没能再回到舞台，因为她的腰部还有钢钉没有取出。那会儿在学校也教不了身段了，只能给学生们讲讲理论和唱腔，所以收入大幅度减少。那段日子，男孩更加努力，支付着姑娘生活的所有开支。

姑娘不忍心看男孩这么辛苦，拒绝过几次男孩这样的无条件付出，但男孩依旧坚持，说一家人没啥不好意思的。

在两人恋爱的第五年，男孩求婚了。现实问题来了，尽管男孩拼命赚钱，但是距离买房还是差了很多。

姑娘踌躇再三，跟自己父母开了口：“爸，我们想结婚，但是他家那个条件你们也知道，我们没能力在大城市买房，我希望你们可以帮帮我们。”

她爸爸当时点了根烟，没有说话，姑娘大气也不敢喘，等着父母的答复。

她爸爸一根烟抽完了，问姑娘：“你认定这个人了么？”

姑娘坚定地点点头。

她爸爸又说：“这20来年，我们都没让你受过委屈，跟着他，你觉得委屈么？”

姑娘十分自信地说：“他不会让我受委屈的！”

她爸爸点点头说：“那好，首付钱，我们可以给你，但是贷款得你们俩自己还了，可以么？”

姑娘喜出望外，赶紧把这个消息告诉了男孩。

没想到男孩不同意。

姑娘问他为什么，他说：“我家穷你也知道，嫁给我已经够让你受委屈的了，再让你娘家掏钱买房，我成什么人了！”

女孩苦口婆心地劝了很久，最后，男孩硬是给女孩爹妈写了一张借条，说首付钱一定会还。

女孩爹妈通过这件事，更加看好这个男孩子。

他们买的房两人一起还贷款，但房本上，只有女孩的名字。他说，就算这样，还是觉得亏欠了女孩。

两人领了证，没办婚礼，后来两人存了点钱，旅行结婚了。

今年是他们领证的第四年，男孩接的演出已经是省市级别的了，而且不再是舞蹈演员的身份，而是舞台总监，他自己工作室的学生也多到需要预约，男孩也算熬出了头。

给我讲故事的人，就是以前那个拦下教导主任的男孩的老师，男孩是他的得意门生。男孩前几天请老师吃饭，脸上有着藏不住的喜悦，开心地说：“老师，你知道吗，照这个收入，今年年底，我就能还上我岳父母的钱，还能补给我老婆一个婚礼了！”

第十二篇：

既然你彻底放下了，
那么，做我女朋友吧，
忘掉原来那些不开心。

那天，小静歇班在家正吃着薯片追剧呢，接到妈妈电话:“闺女啊，妈妈在 ×××KTV 了，你也来一趟吧，人多好玩儿！”

小静知道自己妈妈是和自己一个老姐妹聚会去了，那个老姐妹她总听妈妈念叨，她们从小就认识，一块儿和泥巴玩大的，后来一起上小学，等到高中毕业后，妈妈跟着姥姥搬家了，那会儿也没个电话什么的，她就和自己的老姐妹失去联系了。可巧有一次妈妈去超市，被她的老姐妹认出来了，这么久过去了，这老姐妹人脸识别能力真强，两人就这么又加了微信。老姐妹还逗呢，说再找不到她，就去电视台参加那个找人节目。

所以这天一大早，妈妈就静心打扮了一番，跟老姐妹聚会去了。

这会估计两人在 KTV 觉得人少不好玩，妈妈就叫了今天休息的小静。

小静想了想，决定不打扮了，毕竟就是自己妈和一个阿姨，而且还能节约点时间，就穿了一身运动服，扎了个马尾，戴着大黑框眼镜，脸都没洗就出门了。

结果，KTV 里除了妈妈和阿姨，还有一个白白净净的男孩子。

小静傻眼了，男孩也是有点搞不清状况，小静的妈妈白了小静一眼，显然是不满意小静不梳洗打扮，阿姨赶紧张罗：“儿子，这个就是我最好的姐妹的闺女，叫小静。”

小静猛然反应过来，这是老姐俩要给自己的孩子保媒拉纤啊！

小静看了看阿姨的儿子，长得倒是不错，就是自己，脸也没洗就出门了，自己妈也是，怎么也不说清楚，自己这个样子让人见了多不好。

那句话怎么说，当你打扮得光鲜亮丽出门通常什么也不会发生，哪天你蓬头垢面出门扔垃圾备不住就碰见你前男友和他的现女友。

男孩倒是挺大方：“你好，你可以叫我小凯，我今年 28 岁。”

小静故意低下一点头：“你好，我叫小静，26 岁。”

除了自己妈妈时不时用恨铁不成钢的眼神瞥自己以外，一切都还挺和谐。

小静唱完一首歌，小凯递给她一瓶水，小静接过来，拧开，又递给小凯。

小凯愣住了，小静反应过来："我还以为你是让我给你拧开……抱歉哈，我跟我朋友们出门习惯了……"

小凯笑了，小静看着他一口整齐的牙，心想：这牙好看，真加分啊！

聚会结束，阿姨又撺掇小凯加了小静微信，说年轻人嘛，多个朋友也是好的。

小静居然在那一瞬间想：这要是我婆婆多好。

紧接着她心里又骂自己：这才哪到哪啊，就婆婆。

回到家，小静妈妈劈头盖脸一顿数落："你看看你，穿得跟个睡衣一样就出门了，头也不洗也不搽个粉，这么邋遢就见人了！"

小静也委屈："你说清楚啊，你说清楚是要给我介绍对象相亲啊，我最起码有个心理准备！"

小静妈妈："我姐妹在旁边，我怎么说啊？啊，我说宝贝，你洗个脸啊，给你介绍我姐妹的儿子认识？"

小静："电话不方便，你给我发个微信总可以了吧？"

小静妈妈没了底气："我这不是忘了么。谁想到你能这么来啊，没事的啊，不是加微信了么，你要是有心思，下次单独跟人家出去打扮打扮啊，好在KTV灯光暗，看不清你这个大油头。"

小静瘪瘪嘴，对自己老妈表示无语。

那天以后，小凯没有联系过小静，小静有些失落，小静对小凯的第一印象挺不错的。

小静大学毕业那年和交往了3年的男朋友分手了，前男友很快开展新恋情，小静也没有去了解究竟是不是他们没分手那会儿，前男友就有了接盘的，她觉得不爱了就是不爱了，不重要了。

但那是小静的初恋，因此小静一直到今年26岁，都没有再谈过恋爱。

没想到看着温暖又有书生气的小凯，小静动了心思。

毕竟是女孩了，脸皮薄，小静向老妈求助，希望她给探探小凯什么意思。老妈一看多年不谈恋爱的女儿主动想要联系一个男孩子了，一拍胸口："包在老妈身上！"

当晚，小静收到了小凯的微信："我妈今天给我数落一顿，说我为什么不联系你。这其中可能有点误会，我朋友跟我说，如果第一次见面，女孩子故意不打扮，很……随意，是说明她对对方没兴趣，这样是拒绝对方的一种方法。我就觉得你是不是反感我妈自作主张要我们认识一下，就没好意思联系你。”

小静一看，哭笑不得，心想，以后甭管什么事儿，出门怎么着也得洗个头。

小静赶紧解释：“不是的，我那天休息在家，我妈一叫我，我以为只有她，就没多想，要知道她们是这意思，我肯定收拾一下的，我是不是吓到你了？”

“没有，你素颜也很可爱，很真实，我以为你这是另类的拒绝，那既然这样，明天晚上，可以一起吃个饭么？”

小静回：“当然好啊！”

转天，小静特意早起半小时，化了个精致的妆才去上班。快下班时又跑到厕所补了个妆，同事开始八卦：“哎哟，有情况啊！”

小静不好意思地笑笑：“没情况没情况，八字还没一撇呢！”

当小静在公司外碰到来接她的小凯，突然有些心跳加速，是许久没有过的心动的感觉。小凯看到她也是一愣：“你今天真好看。”

小静没想到小凯这么直白：“我那天给你留下的第一印象那么不好，我得弥补下。”

小凯说：“没有没有，那天也挺好的，那天是朴素，今天是俏皮。你想吃什么？”

小静觉得嘴甜的男孩真好啊！

一顿饭下来两人关系拉近了不少。小凯是个设计师，周围女同事很少，再加上他想找个有趣的姑娘，说那样未来的生活才不会单调乏味，于是就单身至今。

有趣的姑娘，小静思索着，这不就是说自己嘛？

两人从那天起就熟络起来，平时聊聊天，偶尔一起相约看看电影什么的，小凯时不时说出一些撩拨小静少女心的话，小静觉得两人现在就隔一层窗户纸。

很快要过年了，大学同学组织了一场同学会。这是他们毕业的第四个年头，第一次聚会，毕竟毕业以后，天南地北，重聚不容易。小静心里真是想见见自己的室友们。但是又想到前男友也是同班同学，备不住也会去，又犹豫了。

小静好友说："当初是他负了你，又不是你对不起他，凭什么不去！你又不是为了见他，我们同宿舍的姐妹毕业后再也没见过了，正好聚一聚，你就得去，让他看看没有他，你过得也很好！"

一句话，让小静放下顾虑，没错，就得去，让他看看自己现在过得很好。

小凯约小静同学会那天见面，小静说明原因，已经答应去同学会了。小凯表示没关系，等到结束，他去接她回家，女孩子自己一个人，晚上不安全。

小静告诉了小凯地点和大概结束的时间。

同学会那天，前男友喝多了，拉着小静回忆过去，说自己忘不掉小静，问小静，自己还有没有机会。

周围不明真相的同学开始起哄，毕竟在同学们眼里，小静和前男友是当时大家都看好的一对儿。

小静有些为难地抽出自己的手："我有男朋友了，你清醒点吧，当初先走的那个人，不是我。我这不是旅馆，你想走就走，想回就回。”

“他比我好么？”前男友盯着小静问。

“最起码他不会突然就说分手，并且迅速发展下一段恋情。”小静平静地说。

“行了，行了，大家别起哄了，陈年旧事，有些我就不想提了，都留个面子。××（前男友），你那点事儿你心里最清楚，你那个新女朋友是怎么回事你也明白，现在想起小静的好了，晚了，以后总结经验反思人生吧，来，大家最后干一杯，今儿这局就散了吧！”小静的室友端起酒杯，替小静解围。

散场了，大家三三两两地往外走，小静拉住室友：“当年你是不是知道什么？”

室友叹口气：“当年是他先跟他社团的妹子勾搭了好久才跟你提的分手，我男朋友跟他一个社团的，很多事都看到了，我也不好跟你说，我怕你觉得我是挑拨离间，对不住啊小静。”室友喝了口水，接着说，“后来听说他们没多久就分手了，你前男友又想找你，但是你换了号码，也不知道你公司在哪，他来问过我，我没告诉他，怕你难过，我也没把这事儿告诉你，你不会怪我吧？”

“不，不怪你，还得谢谢你，那会儿小，备不住他一求，我就心软复合了，而我现在才明白，背叛就是背叛，一次不忠，次次不忠。”小静又和室友寒暄几句，离开了。

一出门，不知是风大，还是情绪上来了，小静看到来接她的小凯，也许是酒精的作用，也许是真的觉得自己这几年太委屈，抱着他就哭了。

小凯慌了：“怎么了，怎么了，发生什么事儿了？”

小静抬起头看着小凯：“没什么，今天看见我前男友了。”

“你要是心里还有他，就去找他啊！”小凯说这句话时，小静明显看到他的眼神有些暗淡。

“不是不是，你误会了。”小静便把这些年发生了什么都告诉了小凯，最后说，“刚分手那会儿，我天天想，是我哪里不好，才让他这么对我？现在知道真相了，不知道为什么就是想发泄一下，发泄一下这些年的委屈，你别误会，我早就放下了，只是心疼我自己。”

小凯看着小静说：“快过年了，明年我不想一个人了。”

喝过酒的小静没有反应过来，直勾勾地看着小凯，小凯说：“既然你彻底放下了，那么，做我女朋友吧，忘掉原来那些不开心。”

小静清楚地听到自己的心跳，是恋爱的感觉，她突然拉着小凯，踮起脚尖亲了他一下，嘻嘻笑着转身向他的车走去，心想，明天就说自己是喝多了，酒后撒泼了，嗯，就这么定了。

真好啊，今年过年一定挺热闹的。

Fantang jiuguan

第十三篇：

吃完饭，我请你看电影行不行？
看完电影送你回家，
能不能牵你的手啊？

我高中同学的大学舍友，是个情商很高、人品很好的心机boy。

大三的一次系篮球赛，同学摔伤了腿，舍友送他去医院，医生让拍了X光，最后诊断为骨折，安排住了院。

“你好，我是你的责任护士，我叫×××。”

舍友正帮着同学收拾东西，听见一个甜美的女声之后，条件反射地回过头，就那一眼，对同学的责任护士小姐姐一见钟情了。

本来同学伤得不严重，观察3天就可以出院回家静养。

舍友跟他说：“兄弟，江湖救急，你再住几天，这几天住院费算我的，我请你吃饭行么？”同学没办法，跟自己主治医师装腿疼，愣是在医院住了一周。

一周到了，舍友也没找到突破口要小姐姐的联系方式，便又求同学：“兄弟啊，你看咱俩关系这么好，兄弟我现在有特殊情况，你能不能伸出援助之手？”同学被逼急了：“你不就看上人家护士小姐姐了么？我给你问电话去还不行么？”

同学便一瘸一拐地找到自己的责任护士，说明来意。单身的护士小姐姐对舍友印象不错，所以痛快地给了同学联系方式，同学得以解脱，顺利出院。

舍友拿到电话号码之后兴奋一晚上，加了微信，便写了一段洋洋洒洒的告白信息，大意就是一见钟情，再见倾心，三见想要在一起之类。

小姐姐和舍友聊了几天，她原本以为舍友是同学的哥哥呢，没想到舍友也是大三学生，自己比他大 3 岁多，便不同意和舍友交往，跟舍友说："你还小，好好学习。"

舍友于是就三天两头往医院跑，也不常待，就送个饭啊，送个饮料啊，夏天给小姐姐科里所有的同事送冰激凌，冬天送热奶茶。就这样坚持了一年，大家看到他来，都逗小姐姐："你那个小男朋友又来了哦！"

这是舍友的第一个小心机：小姐姐的同事里没有单身男性，这样其他女同事被他贿赂了，也不会给小姐姐介绍对象了，就算出现新的男同事，别人也会说小姐姐有个"小男朋友"，那么新同事不会再动心思。其实舍友知道，小姐姐不是不动心，不然也不会每次都只是私下说一句不疼不痒的"以后别这样了"；别人说他是小男朋友时，小姐姐都只是笑笑，不说什么，或者说一句"别瞎说"；小姐姐当时就是过不了舍友还是个学生且还比自己小 3 岁这个坎儿。这点很重要，如果小姐姐对舍友一点意思也没有，坚持是没有意义的，还会招人烦。

有一次，舍友给上夜班的小姐姐送宵夜，正好看到一个醉汉在护士站大吵大闹，舍友赶紧跑过去，就听醉汉喊：“为什么我爸爸今天的药没发？不就差几块钱么，我给你还不行么？医院这么黑啊，差几块钱就停药，我还能不给你们怎么着？那是我亲爹！我能为了几块钱就跑了，不要爹了么？你们是不是也瞧不起我？”

小姐姐解释：“抱歉，先生，停药不是护士做的，是电脑系统，没费了，药房划不过去钱，取不出来药，不是人为的。就好比电话欠费停机，不是客服手工停的，是系统设定。”

醉汉哪里听那些，开始拿起病历车里的病历往外扔，还差点扔到小姐姐脸上，一边扔一边骂得很难听，还说什么如果因为今天停药让自己老爹病情加重，就砸了护士站之类。

周围开始有被吵醒的病人和家属出来围观了。

舍友看不下去了，把手里的饭菜放到一个安全的角落，过去就把醉汉扯开了，问道：“你跟一个姑娘闹什么闹！你自己白天喝酒去没给你爹交费，还有脸来闹？”

醉汉也抓住舍友的衣领：“关你屁事，你小兔崽子想英雄救美？”说着开始往舍友身上吐口水。

舍友哪见过这么恶心的人，两人开始纠缠厮打起来。周围人开始明白怎么回事，纷纷拉架，还有跟着起哄的说什么医院就是黑的。小姐姐吓得够呛，赶紧报了警。

警察来了，把他们拉进医生办公室询问情况。舍友说自己是病人家属，看不惯醉汉欺负女人才路见不平，几个家属从一开始就听见吵架的主动出来做人证，证明是醉汉先挑起事端。好在两人都没受什么伤，警察带走了醉汉和舍友，做了笔录，教育他以后别冲动，就放了舍友。

舍友再回医院已经后半夜了，小姐姐看到他来了，劈头盖脸一顿骂："说你幼稚你不承认啊，你跟个喝醉的闹什么啊，他喝多了下手没轻没重，你看看你，再受伤了怎么办！"

小姐姐仔细看了看舍友，发现有几处擦伤和破皮，赶紧拿来消毒和包扎的东西，给舍友处理伤口，一边处理一边数落他："你个小孩，那么冲动，这都破了，感染怎么办？他这种人，再有什么传染病，你怎么办？"

舍友听着小姐姐叨叨他，笑了："好啦好啦，我知道你心疼我，以后我注意好不好？"

小姐姐一愣，说了句："谁心疼你了，你赶紧回家睡觉吧，都几点了，我还上班呢！"就赶紧转头走了。

舍友看着小姐姐离去的背影，不禁笑出声：哼，嘴硬吧你就，女人啊！

舍友的第二个小心机：就算姐弟恋，也不要张口闭口叫人家姐姐，以为韩剧呢？有几个女生愿意被叫姐姐的？所以他都是叫小姐姐名字里最后一个字的叠字，这样，既不显得生疏，又不过于油腻。

舍友大四下学期，实习忙，不能像原来那样隔三岔五地去医院给小姐姐送吃的了，只是偶尔微信里和小姐姐聊聊天，问候下近况之类。后来，据小姐姐说，那段日子，还真不习惯，但也有点庆幸，以为舍友终于没耐心，放弃她了，这样她就不用一直纠结了，她那会儿真的无法接受姐弟恋。只不过庆幸之余，有点小失落。

同事偶尔会逗她："你的小男朋友最近没怎么来啊？两人吵架了？"小姐姐笑笑回答："他啊，就是个小孩，不是我男朋友啦，小孩子嘛，心血来潮过后，自然就失去耐心啦！"这话，她轻松地说出，心里却有点苦涩。

她不断安慰自己，他们不合适，这样结束也很好，别耽误彼此。道理都懂，但是心里怎么就那么难受呢？一定是养成习惯后不好戒，一定是这样。

这是舍友的第三个小心机：让小姐姐习惯有他的生活，突然撤离，她才会明白自己内心是什么感觉。

那时舍友忙着毕业答辩，找工作，努力赚钱。

舍友选择了自己不是很喜欢，但是待遇优厚的公司，通过层层面试，终于被录取。

那一年，他格外努力工作，即使是前辈故意把自己不喜欢的工作丢给他，他也接着，尽力做好。当然，这一年，他隔三岔五会给小姐姐点个外卖，生日节日时送个不贵重的小礼物。总不能让两人关系凉了嘛！

终于，一年后他不仅转正，还做了小组长，升职加薪。

他再去医院时，把自己的工资卡给了小姐姐，说："我现在虽然还没能力养家，但是养自己没问题，恋爱经费我也能赚得来。我长大了，不是你嘴里的小孩子，我用自己的努力证明自己是个成年男人了，我可以保护你，你不过才大我 3 岁，俗话说，女大三抱金砖嘛，我觉得你还旺夫呢！是你给了我拼搏向上的动力，你能不能给我个机会？"

小姐姐没有接工资卡，低着头抿嘴偷笑说："你今天忙么？我 5 点下班，你可以等我么？"

舍友赶紧点头说："不忙不忙，今天休息我才来的！我等你，我去你们医院附近网吧玩两局游戏就到 5 点了！"

小姐姐笑了：“那说好了哦，今天我请你吃饭。你看你这一年总给我送吃的，给你钱你也不要，今天算我礼尚往来，可不许跟我抢着结账哦！”

舍友问：“那，吃完饭，我请你看电影行不行？”

小姐姐想了想说：“可以啊！”

室友“嘿嘿”傻笑一声，又问：“那我看完电影送你回家的时候，能不能牵你的手啊？”

小姐姐笑着说了声：“讨厌，我赶紧回去了，还得上班呢！”

这是我至今依旧单身的同学，在参加完他舍友和小姐姐的儿子的满月酒回来之后，给我讲述的他们当年的故事……

Fantang jiuguan

第十四篇：

老爷子 69 岁，
老太太 65 岁，
他俩特别可爱，
像一对老顽童。

在我任职的门诊治疗室里，经常来一对老夫妻，老爷子 69 岁，老太太 65 岁，他俩特别可爱，像一对老顽童。

两人一般来呢，就是出门溜达溜达，顺便来做个理疗，没多大事儿。

有一次他们来做治疗，老太太比较胖，上下治疗床都略费劲儿，我扶了她一把，说："您小心点，别摔地上了！"

老爷子乐了："闺女（我们这儿的长辈爱这么称呼晚辈女孩），就你这小细胳膊小细腿儿的，还扶她呢？再给你弄折喽！"他又转头跟老太太说，"你慢着点，别掉地上给人家地砖砸裂了，人家闺女还得修，浪费钱。"

老太太白了他一眼："别废话，赶紧把我刚才祸祸（我该怎么翻译这个天津词汇呢？理解为弄乱吧）的那些被子叠了！"

"你个懒丫头，从年轻就懒，啥都要我收拾。"

"哎呀，多大年纪了还在外头叫我丫头，闺女该笑话了！"

老爷子乐呵呵地叠了被子，两人手拉手走了，临走还跟我客气半天。

我特别喜欢他俩来，听他们斗嘴特别温馨。

等他们再来的时候，我问他们："大爷大娘年轻时谁追的谁啊？"

老爷子抢先说："你看她这样，肯定是她追我！"说着，用手在肚子附近比画了一下，示意老太太肚子大。

老太太瞪他一眼，转头跟我说："闺女，别听他瞎掰。"

有一次，老爷子自己来的，我就问："您老伴呢？"

老爷子说："楼下扎针灸呢，她这两天腰疼，我给她安顿好了才上来的。"

那天病人不多，他看了看四周，神神秘秘地跟我说："闺女，我上次故意气她的，其实当年是我追的她！"

我乐了，没说话，等着听他接着说："当年啊，她可是我们大院那片儿最好看的姑娘了，我没事就去她家给她送点吃的啊，接送她上下班啊，那会儿思想传统，人也单纯，就这么骗到手了，嘿嘿。后来我参军去，临走前我又逗她，让她可不许跟别人好了啊！

"她脸'唰'地就红了，好大会儿没说出话，然后打了我一下，扭头就跑。嘿，我现在还拿这事儿逗她呢！

"记得我探亲假回来时，你大娘支支吾吾地告诉我，有个男的总在她家门口，等她一块上下班。我问这小子家在哪儿，心想给他点颜色，你大娘怕我闹事，怎么都不肯说。于是我就在她家门口蹲这小子，蹲了几天都没蹲着，直到回部队的日子到了，不得不先回去，后来啊，几次探亲假都没遇到过他。”

老爷子越说越来劲，干脆一拍大腿：“嘿，后来才听说这小子是特地躲着我，我一来他就不来，等我一走他就来，明明知道我俩在搞对象，这小子也不怕损德行！”

老爷子续了一口水，接着给我讲：“我记得退伍那天，我放下行李就去找你大娘，正看到那小子在她门口喊她小名，我过去就跟他打起来了，他哪打得过刚退伍的我啊！他疼得哎哟哎哟的，把你大娘哎哟出来了，你大娘看见以后，好几天没理我。”

老爷子说到这儿，“嘿嘿”地挠了挠头：“生气也挨不住我厚着脸皮哄她，你大娘喜欢花，我去山上给她采了老多，山上蚊虫多，咬得我龇牙咧嘴，你大娘心疼了，就原谅我了。

“后来我跟她说，我想跟她结婚，她同意了，又说得回家跟父母商量，结果我老丈人不同意，嫌我一个刚转业回来的没什么前途，不舍得把女儿嫁给我。为了证明我的决心给老丈人看，不顾你大娘反对，我跟我一个同乡上外地自己打拼去了。”

我眼睛一亮：“嚯，太爷们儿了。”

大爷高深莫测地摇了摇头，自己也笑了：“嗨，啥爷们儿啊，干了几天后发现我是让黑心同乡给骗了！他不仅带我干的都是骗人的买卖，连我带去的钱他都想拿走。我在那里待了一段时间，转念一想那丫头正在家里眼巴巴地等着我回去，我就是说啥都得离开这个黑心同乡！

“这人心里头一有了信仰干啥都有劲，你大娘就是我的信仰。结果黑心同乡为了逼我说出把钱藏在哪里，叫了两三个人围着揍我，不得已，我只能胡乱说几个假的位置，让他们对我放松警惕，然后等到后半夜，趁他们还在寻找，砸了窗户就准备往下跳。

“二楼，那时候的二楼比现在建得高，我往下一看就倒吸一口凉气儿，脑子里又出现那丫头的模样，我一咬牙，裹了床被子就跳下楼了。可能是老天保佑加上军人的骨头硬，没啥大事，就扭着脚了。”

我听得紧张：“然后跑回家了？”

大爷自豪地说：“在这之前还办了一件事，我凭着来时的印象跌跌撞撞跑到公安局，报案了，警察同志念我有功，派人把我送回了村。”

我给老爷子竖起大拇指，称赞他不愧是军人素质，换别人早就跑了，哪还有心报案哪。

“警察同志把我送回去的时候正好路过你大娘家，当时农村正丰收，她就坐在门口掰苞米呢！能再见到她，我别提多高兴了，赶紧跟警察同志说就把我送到这儿吧。我从警车上下来的时候，这傻丫头一下就傻了，然后拿起一个苞米就朝我砸过来，砸得我生疼！

“接着她红着脸过来，然后一下子就哭了，握着警察同志的手使劲摇，说警察同志他犯了啥错啊，他都是为了我一时想不开啊，再给个机会吧什么乱七八糟的，哭得快岔气了，哈哈哈，这蠢丫头啊，她还以为我出去干啥违法的事了。

“然后警察同志给她解释，她愣了愣，又激动得哭了，连忙进屋里头把我老丈人喊出来，那时候举报犯法团伙是多争光的事啊，我歪打正着，老丈人同意我把她给娶了！”

老爷子陷入深深的回忆中：“然后呀，我们就结婚了，有了两个孩子。我就记得有一年我厂子黄了，那会儿老大6岁，老二还不到两岁，你大娘得在家看孩子，因此也一直没工作，所以那年过年特别穷，家里只剩下点棒子面大白菜，连油都没了。我跟你大娘说，让她带孩子回娘家过年吧，你大娘说啥都不肯，我懂她，她是怕我老丈人觉得她跟着我受委屈了，一生气再不让她回来。”

“唉，所以还是在自己家吃的年夜饭，你大娘蒸了窝头，用盐水煮了白菜，就这还大半都给孩子吃了。晚上孩子睡着了，她含着泪说好想吃个包子啊！”

“我永远忘不了那年，她忍着泪跟我说想吃个包子的样子。”

我回味了好大一会儿，觉得那个年代的爱情真是好不容易。跟老爷子聊了会儿天，老太太就上来了：“哈哈哈，我就说我比你快吧，掏钱掏钱！”

老爷子乐呵呵地掏出100块钱给老太太，老太太喜滋滋地拿过钱，扭脸跟我说：“我俩刚才打赌谁完事儿早，输的给对方100块钱。”

老太太笑得可爱极了。

我看着面前白胖白胖的老太太，竟脑补到了一笼一笼刚出锅的大包子，不禁心想：看来老爷子后来没少给老太太买包子吃。

那天以后，不知道为什么，我就特别想吃包子，有天早晨，想起来同事说 × 街有家 × 记包子挺好吃，就开车去了。

都说手艺最好的师傅在夜宵摊上、手速最快的师傅在早点店里，果然如此。老远就看见老师傅动作麻利地把一屉屉热腾腾的包子摆起来，又快步去里屋搬第二笼包子。盘旋直上的热气顿时勾起了我的食欲，我迫不及待地停好车，走向包子铺。

“老板，包子都是啥馅的？”我朝里屋喊完，又低下头看雪白的大包子。

“闺女，不收你钱，吃多少都管够！”

我立马抬头，发现从屋里走出来的老板居然是前天跟我聊天的老爷子！我惊奇地问：“大爷，这是您开的？”

老爷子爽朗地笑了两声，刚想说话就被身后的人打断了：“哎呀，闺女来啦，老头子你可不许收钱！”

我定睛一看，是老太太！

老爷子说：“老板娘发话了，绝对不敢收。”

我赶紧谢谢他们，又说：“都说这儿的包子好吃，真没想到这包子铺就是您开的呢！”

老爷子听了十分开心，说得多谢我们照顾生意，还说他们这儿的肉包子最好吃，特地上里屋给我拿新出锅的包子去了，我心里一暖。

老太太接过话来说：“唉，不好吃我能吃这么胖吗？闺女，我以前可瘦了。幸亏啊幸亏，幸亏当年我没说想吃猪头肉……嗨呀，这事儿说来话长，改天做治疗的时候跟你说去！”

我豁然开朗，想起了老爷子那天讲的故事里的细节，原来他因为老太太的一句话，自己开了个包子铺！

我接过老太太的包子，看着面前白胖白胖的她，不禁思考，嫁给一个会做饭的男人到底是幸福还是不幸福？

Fantang
jiuguan

第十五篇：

你看，今天的阳光，
像不像预示着好日子的到来。

我的朋友里，有个诙谐幽默的幼师妹子琪琪，前阵子因为工作的事情和我大倒苦水，什么孩子难带啊，哭起来惊天动地啊，这个职业脱单无望之类的，近日又戛然无声，我猜应该是烦恼解决了。

没想到她憋了个大招，突然有一天给我打了电话：“我来投案……不是，我来投稿，你看完就知道我这些天经历了啥……”

于是，她便将她的故事娓娓道来——

又是一个万恶的周一，当我吭哧吭哧终于把班里所有小孩都哄顺之后，园长通知，我的班要接一个新来的小孩，你应该能理解，就是好不容易自己的工作顺当了，突然又有了新任务。

四岁半的小瑞瑞，比我想象的要恐怖，短短两天就和大家混熟，还成了班里的“土匪头子”，调皮得不行，成天就知道捣乱，不是上演现实版贪吃蛇边跑边撞，就是惹哭别的小朋友，一个小朋友哭了，第二个也被哭声感染，紧接着第三个、第四个……然后班里彻底乱成一锅粥，看着他们哭，我是欲哭无泪。

我使出毕生所学劝“土匪头子”安静下来，苦口婆心教他做个安静的美男子，但小瑞瑞可谓见招拆招，令我束手无策。他撞倒最后一把椅子后，只留下一个不屑的身影给我。

此情此景，令我形神俱焚，两眼一抹黑。

幼儿园就那么大点，轻易就把园长招惹来了，了解情况后，老人家试着哄了哄小瑞瑞，随后表示无计可施，只留下一句："考验你能力的时候到了。"

我祈求的目光看向小瑞瑞，但愿唤醒他的善心，只见他朝我跑过来，然后使出一招"悬崖勒马"，但脚下一歪，栽了跟头。

我连忙把他扶起来，他又向我张开双臂："老师——抱——"

我象征性抱了抱他，说："好了，我们要上课咯！"小瑞瑞一听，就坐地上哭："抱！抱！"不抱就死活不起来，让我无可奈何，那天别的小朋友都是我搭班同事带的，我光剩抱他了。

吃饭时间到了，小瑞瑞又大哭大闹起来，我一阵头晕目眩，本着慈悲为怀的职业素养，我耐心地走过去问他："怎么了呀，小瑞瑞？"

"老师喂我。"

"可是像你这么大的小朋友，都是自己吃饭的呀！"

"哇——"又哭了。

"……我喂。"

唉，对此我很是头疼。

我观察到每次接送他的都是他奶奶，我心想，看来小瑞瑞是那种被老人惯坏的小孩呀！

在屈服于小瑞瑞一个月后，我站起来了。我实在无法忍受这么调皮的孩子了，我决定以茶会友，找他奶奶谈一谈。

当我婉转地告诉他奶奶这孩子在幼儿园的表现后，出乎意料的是，老人没有护犊子，只是低下头叹了口气："对不住啊老师，给您添麻烦了，他妈妈在他不到两岁时就得病没了，他爸爸又忙，毕竟要自己一个人养孩子，他也是希望给孩子一个好的物质条件，成天不着家，挺辛苦的，孩子是我一个人带，难免会有些娇气，真是太不好意思了。"

我怔住了，突然想到小瑞瑞可能没那么调皮，他只是想得到更多的关爱吧！

第二天，小瑞瑞再来时，我主动跟他沟通："小瑞瑞，你今天如果不哭不闹，自己乖乖吃饭，老师送你个小礼物好不好？"

孩子使劲点点头，然后想了想："好！老师，你能答应我一件事吗？"

看着这个小大人儿，我笑了："你想要老师答应你什么？"

他有些不好意思，以手作筒，示意要跟我说悄悄话，我会意，探过身子，就听那个稚嫩的童声说："老师可以亲亲我吗？"

这句话瞬间让我鼻子一酸，要不是我强忍着，眼泪就要流下来了。幼年丧母，父亲又奔波于生计，这么小的孩子，想要的只是爱啊！他故意摔倒，故意哭闹，只是想惹起大家的注意，得到大家的疼爱啊！

我跟小瑞瑞拉钩，答应了他的小请求。

果然这一天，他都乖乖的，自己吃饭，没有招惹别的小朋友，午睡时都不用哄，自己爬上小床乖乖睡觉。

到了下午，幼儿园放学的时间，小瑞瑞看了看门口等待的奶奶，故意磨蹭到了最后一个出校门，然后满怀期待地跑向我：“老师，我们说好的！”

我蹲下来，用力并深情地亲了亲他两边的小脸蛋：“小瑞瑞真是最乖最乖的小朋友了！”

他捧着我的脸，轻轻地亲了亲我，稚声稚气地说：“老师也是最好最好的老师了！”

他的奶奶站在门口，看见了全部经过，并欣慰地冲我点头，用袖子擦了擦眼睛。小瑞瑞咯咯直笑，蹦蹦跳跳地跑向了奶奶。

孩子的笑声和老人的眼泪，对我来说都是软肋。

思前想后，我做了一个决定。

当晚，我找出孩子们入院登记的手册，然后拨通了小瑞瑞爸爸的电话。

“是小瑞瑞的爸爸吗？”我轻轻问。

“是的，你是？”

“你好，我是小瑞瑞的老师，可以耽误你几分钟吗？”

电话那头的男人，我就叫他瑞爸吧。

瑞爸语气焦急起来：“是不是小瑞瑞调皮了？我听我母亲说了，小瑞瑞他……”

“不是的，我不是说这个，”我打断了他，“你放心，小瑞瑞是很好的小孩，他只是，需要你的爱。所以，我希望你可以腾出时间听我说说。”

电话那头突然寂静起来，然后传来掺杂着内疚的声音：“老师，您费心了，您说。”

接着，我便把让他无论如何一定要抽出时间陪伴孩子的想法，诚恳地告诉了他，末了，我告诉他，下个月是家长日，希望他尽量可以陪小瑞瑞一起来参加，不要再把孩子丢给奶奶。

电话那头又沉默了好一会儿，我以为是信号不好，直到瑞爸的声音再次传来：“好，我一定来，谢谢您！”

第二天我找到小瑞瑞，本来想跟小瑞瑞说，如果这个月他表现乖的话，家长日那天老师会给他一个惊喜，但话到嘴边，突然顾虑到万一他爸爸只是敷衍，到时不来呢？不是我不相信他，只是工作以来，这种敷衍型的家长我见多了。

所以，我跟小瑞瑞改口说家长日那天会给他一个礼物，小瑞瑞听后笑得越发天真无邪，我越发母爱泛滥。

家长日这天，我眼巴巴看着一对又一对的家长和孩子走过去，终于看见小瑞瑞蹦蹦跳跳的身影，还有一个西装革履、意气风发的男人牵着他。

看来瑞爸信守了我们的承诺，我由衷地开心。

小瑞瑞看见我就立马狂奔过来，拉着我的手转头喊：“爸爸，这就是我的好老师！”

瑞爸看上去是个挺儒雅的男人，快步走过来跟我握手：“辛苦你了老师！”我连忙说：“是我应该做的！”

家长日就是家长陪孩子一起表演节目的亲子互动日，小瑞瑞和他爸爸表演了个双簧，逗得大家哈哈大笑。我站在角落为他们鼓掌，虽然他们不常在一起，但父子之间的那种默契倒是十足的。

家长日结束后，我站在门口挨个欢送家长和孩子们。小瑞瑞还是最后一个走的，他撇下一脸笑颜的爸爸，拉着我到没人的角落，小声说：“老师，爸爸说是你让他来的，我还以为他不会来了呢！”

我摸了摸他可爱的小脑袋，突然想起了答应送给他的礼物还放在包里，这礼物本来是怕他爸爸不来的第二手准备。

我把一个亲手包装的汽车模型递给他：“送你的，是小汽车哦！”

小瑞瑞惊奇地睁大了双眼，抱住礼物，高兴过后却抽泣起来。我赶紧蹲下来给他擦泪，哄他，然后轻轻抱住他。

一个没被爱认真滋养的孩子，最能识得爱，也最能珍视爱。

小瑞瑞小声恳求：“老师，我可以偷偷叫你一声妈妈吗？”

我无法拒绝这样纯真的一个孩子，抱着他点点头：“好。”

他用力抱住我，带着哭腔喊：“妈妈……”

瑞爸在不远处看着我们，表情复杂，像在表达歉意，又好像在表达谢意。

周五，小瑞瑞问我周末有没有空，我想了一下，的确没什么安排。他说，想和我一起出去玩，他爸爸也在。

和学生还有他的家长出去玩，这对我来说可是头一遭，小瑞瑞用期待的眼神注视着我，他很开心地告诉我之前他爸爸周末几乎都要加班的，很少能陪他。唉，既然气氛烘托到这儿了——

“行，老师陪你去！”

我把手机号写在小瑞瑞的图画书上，交代他要提前联系老师，我好收拾收拾。

小瑞瑞像背负了巨大的使命，小手拍着胸脯道：“包在我身上！”

于是周末这天就出现了这个画面：小瑞瑞一手牵着爸爸，一手牵着我，他爸爸一脸感激地看着我，我回之以理解的微笑，场面十分尴尬。

然后我和瑞爸并排坐在公园亭子下面看着小瑞瑞追蝴蝶，只见小瑞瑞边跑边说：“我终于也和别的小朋友一样喽！”

这时我注意到，瑞爸低下了头，神色难过。

我陪他安静地坐着，突然意识到我应该说点安慰的话，可是平时哄孩子还行，哄个大男人倒是第一次。

我内心慌乱地说：“你看，今天的阳光，像不像预示着好日子的到来。”

我这真是不鸣则已，一鸣不如不鸣。

“最近都是高温，老师没注意过吗？”

“呵呵呵呵也是……”我尴尬得不知道再说什么了，两人傻呵呵地坐着，看着欢快的小瑞瑞。

这时，小瑞瑞像救世主一般欢跑过来，似乎要打破这份尴尬。

“妈妈！”气氛更加凝重了，我不答应吧，伤孩子的心。答应吧，我不是很习惯。

“小瑞瑞，以后在有人的时候，不要叫老师妈妈，这样对老师的影响不好，知道了吗？”瑞爸及时制止。

小瑞瑞懂事地点点头，古灵精怪地朝四周望望，说：“现在旁边没有人哦，我可以叫了吗？”

我被孩子的可爱逗乐了：“可以！”

从那以后，只要周围没有人，小瑞瑞都偷偷叫我“妈妈”。

每个周末他的爸爸都尽量腾出一些时间陪他玩儿，偶尔也会叫上我，慢慢地，我们熟络起来，还会互怼开开玩笑。每当我们互怼时，小瑞瑞都坐在一边，笑得一脸灿烂。

有一天，小瑞瑞神神秘秘地跟我说：“妈妈，我好久没见过爸爸这么开心了。”

一个学年很快过去了，因为园里的安排，我不再带小瑞瑞那个班。

新学期开始的第一天，我在门口迎接着新同学的到来，突然传来小瑞瑞的哭闹：“我要妈妈！我不要去别的老师那，我就要妈妈！”

那个小小的身影向我跑来，一把抱住我。周围人指指点点，让我有些尴尬。

瑞爸一脸歉意：“真是对不住，我忘了提前告诉他这个事儿了。”

我此时顾不得周围的眼光，只蹲下来安抚孩子：“乖，放了学，老师请小瑞瑞吃好吃的行不行？”

小瑞瑞停止了哭闹：“不骗我？爸爸，你掏钱啊！不能让女孩子花钱啊，知道不！”

周围人都笑了，别的老师赶紧解围：“这孩子，就跟我们琪琪老师最亲，他是舍不得她，童言无忌啊！”

午休时，手机响了，是小瑞瑞爸爸发来的消息：“老师，今天给你的名誉造成了损失，为了弥补，你看，你能不能给我个负责的机会？”

心里，一种莫名的情愫涌上心头，想到那个声音好听、文质彬彬的男人，我的心跳略微有些加速。

还没等我回，又一条消息传来：“小男孩需要关爱，同样，我这个成年男人也需要啊！你如果不嫌弃的话，可不可以试着和我交往？不知道你会不会嫌弃带娃的男人。”

“琪琪，我喜欢你。”

……

“喂，琪琪你太吊人胃口了吧，今天你必须给我说结局！”我冲着电话那边的琪琪炸毛，太可恨了，我听得津津有味，故事居然戛然而止。

只听琪琪语气中有掩饰不住的甜蜜："哎呀，本小姐在和带娃老男人约会呢，晚点打给你！"

一个男人的声音跟着传进来："说谁老男人呢？"

Fantang jiuguan

第十六篇：

小舅加油啊，
不然我的芥末就白吃了！

“喂，阿浩啊，你今天帮姐去接下小磊吧，我一会儿有个重要的会，你姐夫出差了，麻烦你了！”

“好的，放心吧姐。”阿浩挂了姐姐的电话，然后看了看时间，还没到点。于是继续打起游戏，几盘游戏后，阿浩“垂死梦中惊坐起”，抬头一望表，完了！

离小磊放学的时间已经过了几分钟，阿浩拿起车钥匙就往学校风驰电掣地赶。

多年以后，阿浩十分感谢自己姐姐的这通电话。

阿浩玩儿命赶到小磊的校门口对面，只见外甥已经在校门口左顾右盼，旁边站着一个年轻漂亮的姑娘。

阿浩长出一口气，边喊着向小磊狂招手，边跑过去，不管三七二十一就双手握住人家漂亮姑娘的手感谢：“谢谢谢谢！太感谢了！今天是遇见好心人了！”

“老师，这是我小舅。”小磊抬头笑嘻嘻地跟漂亮姑娘说完，又对小舅挤眉弄眼使了个眼色。

阿浩听见这话赶紧松开手，原来不是捡到自己外甥的好心人，而是外甥的老师。

“你就是小磊的舅舅？”那年轻漂亮的姑娘倒也淡定。

“你……你好，我……我是小磊的舅舅。”阿浩突然拘谨起来，不好意思地挠了挠头。

小磊的老师突然“扑哧”笑出了声，阿浩一时间没反应过来，也跟着“嘿嘿”傻笑两声。

“你好，我是小磊的班主任，请你跟我来办公室一下吧。”班主任憋着笑说完，转身走向办公室，身后的小磊一脸办了坏事儿的表情，阿浩只好屁颠屁颠地跟过去。

“记得以后要准时接孩子。”班主任扭头对阿浩说。阿浩更加不好意思：“一定一定！”

三人走到办公室以后，班主任换上严肃的神情问阿浩：“小磊的爸妈最近是不是挺忙的？”

阿浩一想，的确是这样的，人家老师真是明察秋毫了。

“老师您猜得真准！”

班主任扭头就从一堆试卷里抽出一叠来：“不是猜的，是小磊的试卷已经好多天没家长签字了，他爸爸这几天接了电话就告诉我出差忙，妈妈的手机又老打不通。他的卷子我装订起来了，你正好拿回去跟他家长说一下。”

阿浩满口应着，随手翻了翻试卷，嚯，好家伙，没看见一个及格的。

“老师，要不然记我个手机号？平时小磊有啥问题可以第一个通知我，我不换号，全天收听。”

“呃，也行。”

跟班主任再见后，阿浩接走小磊，没有立刻送他回家，而是带他去了他最喜欢的餐厅，又给他买了双他一直想要的球鞋。

在回家的车上，小磊捧着球鞋，如坐针毡，终于开口道：“无事献殷勤，非奸即盗。”

阿浩汗颜：“谁教你的？”

小磊：“妈妈教的，还有‘事出反常必有妖’‘黄鼠狼给鸡拜年没安好心’……”

“停，宝贝外甥，这些话不是用来说舅舅的，懂了吗？”阿浩打断小磊。

“妈妈说了，这些话就是说你的。”

“……”

阿浩问小磊：“小磊啊，你这些试卷到了妈妈手里会有什么后果呢？”

小磊一个寒战：“不堪设想。”

“这就对了。那你回头帮舅舅办点儿事，试卷这事包在我身上，好处呢我也照给，你考虑考虑？”

“行，小磊完全服从小舅指令……”小磊狐疑地看着小舅，但为了自己的试卷，他屈服了。

单身主义的阿浩，不知为何在遇见班主任后，突然很想跟班主任套近乎，这第一步，就是威逼利诱让小磊做自己的“卧底”。

送小磊回家时，姐姐已经回来了，阿浩顺口提了一句班主任，还说不知怎么了，班主任看到他突然笑出声。

姐姐一愣，也笑出了声，然后去小磊屋里拿出个作文本，阿浩疑惑地接过去，照念道：“我的舅舅。我的舅舅是个年轻的男人，他是我们城市海滩的一名救生员。他有一双色眯眯的双眼，一看到美女就会结巴……”

阿浩差点吐血。

从那天起，阿浩自告奋勇承包了接小磊上下学的业务。

没过多久就是端午节，阿浩买了一对情侣杯，教小磊道：“端午了，你这孩子得懂点礼节，得送班主任礼物啊，你就说这对杯子让班主任和她男朋友用。”

小磊白眼儿一翻：“你不就是想知道我们班主任有没有男朋友么！”

阿浩忐忑不安地等了一天，总算等到了小磊放学，一见面，就迫不及待地问：“怎么样，怎么样，你们班主任怎么说的？”

小磊故作神秘地从包里拿出情侣杯里男生用的那个：“老

师说她没有男朋友陪她用一对杯子，我就跟老师说，那我和老师一起用，她就把那个粉色的拿走了。”

阿浩眼睛一亮，狠狠亲了小磊脸蛋一口：“小伙儿还挺上道儿，像你舅年轻时候！”小磊一阵恶心，赶紧擦自己的脸。

阿浩笑眯眯：“这个杯子，那就还给舅舅呗？”

小磊把杯子往身后一藏，伸出一只手：“物归原主可以，一百块卖给你！”

“嘿你个小兔崽子，礼节白教你了！”

“行，爱要不要。”小磊把杯子装回书包。

“一百块，不用找了，给。”

往后的几天，阿浩的“情报”都是这么买回来的。

阿浩隔三岔五就去班主任那聊天，知道了她叫“蓉蓉”。他们开始是聊小磊的学习，慢慢聊到老师的喜好、工作之类，阿浩用了一个月时间，成功地和老师熟络起来，老师对他的称呼，也从“小磊舅舅”变成了“阿浩”。

这天阳光正好，阿浩又一次借“小磊太淘气太让人费心”的名义给蓉蓉送去爱心午餐。阿浩要离开的时候，蓉蓉抓住阿浩的胳膊：“你是不是喜欢我？”

阿浩心里一咯噔，脱口而出：“哎呀！我就知道小磊这兔崽子对好看的人瞒不住话……”嘴上这么说，心里早心花怒放，男子汉大丈夫，箭在弦上不能怂！

于是阿浩表白了。

一段尴尬又不失真诚的表白后，蓉蓉给阿浩发了好人卡。

被拒绝的阿浩故作坚强地离开了办公室，接下来的日子没再去找蓉蓉，他阿浩虽然是个根正苗红的追爱青年，但不会骚扰明知道不喜欢自己的人。

理是这么个理，可他着实沮丧了一阵子。

“小舅，跟你说个事儿，老师被她男朋友欺负了，应该是分手了吧，上个月我还看她哭来着！”小磊看着失魂落魄的阿浩，于心不忍道，“这个情报不找你要钱了。”

一听不要钱了，阿浩脸上露出了近期少有的发自真心的笑容。

阿浩开始盘算，是不是蓉蓉刚失恋，不敢再恋爱了？那看来自己心急了，得让蓉蓉自己缓过来再说。

这天，阿浩一个人在河边夜跑，想着再过半个月就暑假了，他该用什么借口约蓉蓉出来散心，助她走出失恋阴影。

人群中，突然传来一声：“有人溺水了！”

出于救生员的本能，阿浩不再多想，几个箭步冲过去，边脱上衣边跑到河边，一头扎进河里，几个猛子游到了溺水之人身边，把人捞了上来。

溺水之人上岸以后猛咳，阿浩这才来得及看脸，好巧不巧，这溺水的人就是蓉蓉。

再怎么说人家阿浩也是长期训练的专业救生员，蓉蓉一抬头就看见八块腹肌。

嗯……是荷尔蒙飙升的感觉。

蓉蓉直勾勾的眼神，在阿浩眼里看来是她吓蒙了，他着急地拍她背部：“蓉蓉你还好吧？！”

蓉蓉不舍地移开视线，连忙道谢：“吓死我了，今天幸亏有你……必须请你吃饭，多少顿都行。”

阿浩摆摆手：“那倒不急，以后可以慢慢吃。你先说，啥困难解决不了啊至于跳河？”

“你别多想，我就是来散散心……”

“那我懂了，这种散心叫自杀式散心，散好了能自救，散不好得抢救。”

蓉蓉让阿浩调侃得笑出声，轻捶了阿浩腹肌一拳，表示绝没有趁机摸腹肌的意思，两人筋疲力尽，躺在草地上哈哈大笑。

接近学期末了，午休过后，蓉蓉发现今天刚从家里吃完午饭回来的小磊眼圈红红的，赶紧问：“小磊，怎么哭了？”

这一问，小磊“哇”地哭出声：“小舅早晨救人，脚被水草缠住……现在在 ×× 医院抢救，恐怕要死了，呜呜呜……”

蓉蓉差点没站稳，突然觉得心慌，赶紧跟别的老师换了课，跟主任请了半天假，火速打车来到医院。

这一刻老师才想通，她不是不喜欢阿浩，只是不敢再去开始新的恋情。但是明天和意外不知道哪一个先到，如果阿浩真的有什么意外，她该多遗憾。

蓉蓉给阿浩打电话，占线，心里更着急了。她想了想，又打电话给小磊的妈妈，也就是阿浩的姐姐，这次打通了，她问清阿浩在哪个病房，便赶了过去。

到了以后，正好看到阿浩和自己姐姐笑嘻嘻地聊天呢，脚上还打了个石膏。

看到蓉蓉来了，阿浩有些不好意思：“蓉蓉，你怎么来了？”

“你这是？”蓉蓉指着阿浩的脚。

阿浩的姐姐抢先解释：“帮我搬家的时候砸脚了，脚背骨折了，瞧他不小心的！”

蓉蓉一愣：“小磊说…”

然后她突然笑了，话锋一转：“没什么，就是听说你受伤了，想来看看你。”

阿浩的姐姐很识时务地悄然离开了病房。

病房里，是恋爱的味道。

教室里的小磊心想：小舅加油啊，不然我的芥末就白吃了！

Fantong juyuan

第十七篇：

当然，但是爱是一回事，
合适是另一回事。

夏天的时候，我报了个健身房的课，那家店是那种集游泳健身于一体的。每天只要我晚上 7 点左右去健身，就能看到一对母女，妈妈带着女儿一起游泳。妈妈看着很年轻，从外貌看也就 30 岁出头的样子，小女孩瘦瘦小小的，很可爱。

有一次洗澡，她们没带洗发水，找我借。

北方的澡堂只有隔断没有浴帘，所以当时我们六目相对很是尴尬。

这次“坦诚相见”以后，再碰到就会打个招呼，偶尔寒暄几句，慢慢也就认识了。

后来聊天得知，妈妈是离异，自己带着已经上小学三年级的女儿。所以每天 5 点下班，去接了女儿，两人简单吃点饭，七点左右来游泳锻炼，因为小女孩一直很瘦，妈妈希望她能通过锻炼身体结实一些，就一直坚持着。

女孩长着一双用我们这里的话讲叫“冒精气”的大眼睛，不太爱说话。

有一次我们同时锻炼完，一起坐电梯下楼，快要关门时，一个看着二十七八岁的男人跑过来喊着：“等一下，等一下！”

女孩妈妈按了开门键。男人跑上来，不好意思地说了声：“谢谢！”又转过头问女孩，“××，你怎么不等叔叔？”

女孩：“我干吗要等你？”

男人：“你等叔叔，叔叔请你吃夜宵啊！”

女孩：“我才不吃呢，我要跟妈妈回家，你不许跟着我们！”说着就扭过头不再说话。

那时，我就觉得这个男人对她们母女的感情，可能不太一般。

过了没几天，我在健身房门口碰到了这对母女，看到我也在，女孩妈妈特别不好意思地说：“妹子，能不能帮我带下闺女游泳啊，我今天不太方便下水。每个月都有这么几天嘛，我又不太放心她自己一个人下水。”

我心领神会，说了句“没问题”，就带着女孩进去了，忽然听女孩轻轻地“切”了一声。

进了更衣室，我问她：“你不太开心啊，你妈妈也是特殊情况嘛，你要体谅她。”

女孩说：“确实是特殊情况，你看看外面。”

我一看，有故事啊！赶紧跑出去偷瞄，果然，那天那个男人正在健身，跟女孩妈妈有说有笑的。

我进更衣室问女孩：“你不喜欢那天要请你吃饭的叔叔么？”

女孩翻了个白眼：“他就是想泡我妈才请我吃饭，这你都看不出来啊！”

我内心想：现在孩子都这么早熟么……

她看我不说话，突然脸上有点失落：“我不是不喜欢他，他又没有做什么不好的事。我是觉得现在只有我和我妈两个人真的挺好，原来家里有爸爸，总喝酒，喝多了就骂街，吼我，还和妈妈摔东西。我天天都害怕他又喝多了，现在真的很好，小姨和妈妈聊天总说，男人都是一个德行，我怕叔叔以后变成爸爸，也这样。”

我突然特别心疼这个女孩，瞬间母爱飙升，抱了抱她，跟她说：“人和人不一样，你妈妈有过一次选择失败，这次一定会小心，避免再找一个那样的坏爸爸的，你也要相信你妈妈。我知道你肯定不爱听我说你是小孩子，但你接触的人和事太少了，很多道理你还不懂，说个简单的例子，你们班里是不是也有好同学和让人讨厌的同学？大人的世界也是一样的，你妈妈自己一个人养你，下了班一定很累，还坚持陪你游泳，只是为了让你健康，就证明她真的很爱你，所以她一定会好好考量这个叔叔的。”

从那以后，我就经常变成女孩的代理监护人，女孩真的是个好孩子，几次跟我说：“我也希望妈妈可以幸福，希望有个人像她爱我那样爱她。”

我偷偷观察过，那男人在女孩妈妈不在时只能举一组杠铃，女孩妈妈在时一口气可以举三组，呵呵，男人都是大猪蹄子。

后来有一次，我预约了私教课，没空带女孩，女孩妈妈已有约，又不放心女孩一个人游泳，但女孩理解地说：“那我今天不游了，我看大姐姐（她一直叫我大姐姐）上课去。”

那个男人一脸欢喜：“那太对不住你了，叔叔给你买巧克力吃！”

女孩翻了个白眼：“一块巧克力就收买我啊？上次不还说请我吃饭么？”

男人搓手：“吃吃吃，你说，一会儿吃什么？”

女孩说：“那我得慢慢想了，一会告诉你！”说着冲自己妈妈摆摆手，借着私教推开门的一瞬间，进去了。

我进去之前回了下头，看到那男人哆哆嗦嗦地拉了女孩妈妈的手，女孩妈妈并没有拒绝。

这之后有段日子，都没有见过他们仨。

有一次我去游泳，门口碰到了那个男人，他有些局促，很紧张地问我：“那个，耽误你一会，我想和你聊一聊。”

我点点头，跟着他到了大堂的休息区，找个椅子坐下。

男人说：“你喝点什么，我去买！”

我笑了：“你可拉倒吧，有事直接说，甭整那没用的。”

他也笑了：“姑娘，那我就直说了。前些天她年假，我带着她们娘俩去旅游了，她今年33岁，我一直骗她我31岁，差两岁她可以接受的。结果这不旅游嘛，她看到了我的身份证，我真实岁数是26，她现在无法接受我的年龄和欺骗，电话不接、微信不回了，可是我是真的喜欢她，我怎么办啊？”

“不是，我说你撒什么谎啊，一开始说26岁也许她还不那么生气，女人最讨厌被欺骗啊！”我忍不住说了一句。

“我知道这是我的错，我当时只是想和她拉近距离，怕她觉得我不成熟。而且，听她那意思，她也确实无法接受我比她小7岁。你能不能帮我说说好话？”他一脸期待地看着我。

“行吧行吧，收起你那副可怜巴巴的眼神，大老爷们的。”

他千恩万谢。

晚上回家，我给那个妈妈打了电话。

她沉默了一会说：“我就知道，我躲着不见，他会找你来当说客，我知道你能说，但是这个年龄真是问题。我不信什么真爱不分年龄，差7岁，他就是个小孩，你也知道同龄情况下男人都比女人幼稚，差这么多，怎么撑起一个家？我现在这种情况，恋爱就是奔着结婚去的，不敢赌了。”

“你爱他么？”

“当然，但是爱是一回事，合适是另一回事啊，妹子。”她的声音里透露着疲惫。

“我理解你的顾虑，我也明白你的处境，但是你想想，成熟与否和年龄不一定成正比，你前夫应该至少和你一样大吧，他成熟么？他扛起一个家的责任了么？我觉得你也别太早让健身房那家伙出局，先相处看看，他是不是对的人。我倒是觉得男人只有老和小，不存在成不成熟，成熟都只是给外人看的。”

她笑出声：“哈哈哈，妹子啊，你看你人不大，说教起我来还一套一套的，他得给你多少好处费啊！行了行了，你让我好好想想。”

“那行，不打扰你了，早点休息，想开了就健身房见。”我挂断了电话。

接连几天，还是没有见到她们的身影。也许年龄真的是她心里过不去的坎吧。

那个男人再次找到我，希望我再度伸出援助之手。

看来他真的很喜欢那个妈妈，如果这样，他们之间唯一的问题就是她自己的心结了。我给他支招：“她现在最大的软肋，是她女儿，她一直觉得愧疚于孩子，没给孩子一个完整的家。而且呢，你也可以从她的女儿入手，让她觉得你可以做一个好爸爸，能真心对她女儿好。你也自己冷静考虑下，继父没那么容易做，你以后还要不要自己的孩子了？”

男人说：“要啥孩子，还得把屎把尿伺候，这有个现成的多好！”

我说：“呦呵，你倒是想得开。那你努力吧少年，我只能帮你到这儿了。”

后来我因为工作变动和参加闺蜜外地婚礼一系列的事，许久没去健身。再去时已经入秋，我心想着天冷了，是不是更看不到她们来游泳了。

结果前几天又遇到了，还是三人同框，让我惊喜。

“大姐姐！”看到我，女孩飞奔过来扑到我怀里，差点给我撞一跟头。“哎哟，几日不见，小丫头结实了不少啊！”我说着，偷偷瞥了女孩妈妈和那个男人一眼。

女孩妈妈有些不好意思：“闺女，你是跟妈妈一块还是和大姐姐去上课？”

“我才不给你俩当电灯泡呢，我去陪大姐姐上私教课，私教室的教练大哥哥们更好看一些！”

“你这个孩子！”女孩妈妈拍了她脑门一下。

等他们俩走远，我赶紧问女孩发生了什么。

她嘿嘿笑着，说：“我就知道你得问我，他们和好了，前阵子叔叔天天来学校接我，还给我补习功课买各种吃的贿赂我，上周学校家长日，我要在班里表演一段舞蹈，其他跳舞的同学都是爹妈一起来，我前一天晚上就说羡慕他们，结果第二天叔叔就来了，还拉着妈妈的手，说是我爸爸，我妈就这么简单被拿下了。”

第十八篇：

我怕太早公布恋情，
最后又不得善终。

一年以前，我学妹离婚了。

她前夫也没有说对她多不好，也没有什么原则性的不可饶恕的罪过，只能说，两人有缘无分，不在同一世界里。

她和前夫是初中同学，学生时期她前夫就暗恋她，高中三年一直对她念念不忘，在高考结束后，就跟她告白了，整个暑假，两人沉浸在热恋中。

她特别兴奋地说："学姐，我们说好了，毕业就结婚！"

那一年，《裸婚时代》正火。

果真，他们毕业就结婚了，什么都没有，去了趟三亚，就当旅行结婚了。

我和学妹由于工作地点远，往来也少了，成了点赞之交。

去年，我跟学妹共同认识的一个同学，我们俩一直保持不错的联系，有一天她问我："你发现没有，学妹清空了社交平台上，关于她和她老公所有的痕迹。"

我去看了一下，果然，她原来总秀恩爱的，还和她老公经常互动，都被删光了。

这个疑问憋在我心里一年，我也没问她。直到前阵子，她在朋友圈发了一张手拉手的照片，配字：新的开始。

那男人的手，明显不是她老公的。她老公我见过几次，是个白净清瘦的男人，而照片中这只手，明显粗糙肤色深一些。

我忍不住评论了一句：我仿佛猜对了。

没多久，她私聊我："学姐还是那么聪明，我也估计你猜到了。"

她跟我讲了这几年她的故事。

婚后没多久，她就意外怀孕了，她老公说："生下来吧。"

那会儿的她，根本没考虑任何现实问题，觉得反正结婚了，生就生。

怀孕后，她不得不依旧上夜班，因为她需要存钱生孩子，如果没有她的夜班费，她老公一个月3000多块的工资，两人开销都不够，拿什么生孩子？她们的班是白天早8点到晚8点，第二天晚上8点上到转天早晨8点，第三天下夜班，第四天休一天，这样循环。但是护士嘛，工作强度大，没有说早晨8点下夜班就能走的，一般都得10点多才能正式下班。

她一直这么坚持到了怀孕6个月。

产检发现胎儿是无脑儿。她是在她们本医院做的产检，当时她正上着班，拿到化验结果都傻了。护士长联系她老公，没联系上，就赶紧请了假，带着她去专业的妇产科医院复查，结果还是一样。

她做了引产。

6 个月了，她就相当于生下来一个不能活的孩子。疼痛比正常分娩还严重。正常分娩可以理解为瓜熟蒂落，她是硬生生地催产，还大出血了，差点没命，她妈妈在病床前守了她一夜，她醒过来时看到一脸憔悴的妈妈，一向傲气的她哭了。

不知道这个无脑儿和她长期熬夜、大强度工作有没有关系。

那会儿，她还没有想离婚。

但是那次过后，她想辞职了。当初结婚，她父母不同意，闹了很久，她爸甚至放下狠话："我就当没你这个女儿。"

倔强的她，第一次向现实低头。她妈妈也劝她，说她爸爸是嘴硬心软。她回了娘家，诉说了自己的委屈，说自己想辞职做点什么，需要钱。

她爸嘴上说着活该，还是给了她 20 万。她家里也是一般工薪阶层，20 对于她父亲来说，也不是小数目了。

她拿着钱开了一个小美容院，四处奔波，学习。

这时，她和她老公的理念有了差别：她努力赚钱，想要更好的生活，她老公却觉得她辞职不理智，公婆也对她辞职有意见，说她不踏实，瞎折腾。她老公认为，钱，省着点过就够了啊，两人加一块一个月赚 1 万多，还有什么不够的么？（那会儿她加夜班费一个月 7000 多块，她老公 3000 多块，她老公也确实省，自己一个月用 800 块就够，剩下的钱都给她了）

压倒骆驼的最后一根稻草，是她想学英语，去国外看看人家的美容这方面，学费 2 万。

她老公跟她大吵了一架，说 2 万可以买多少东西，自己一年多花费都不到 2 万，她自己瞎折腾还花这么多钱。

学妹气得不行，说起那个夭折的孩子，她说如果两人有钱也许就能保住了。这件事也是她前夫心中的痛，话一出，前夫也愤怒了：“你的意思是我没本事，孩子才没有的？”

那晚，他们在不同的房间彻夜未眠。学妹一晚上想了很多，她意识到两人三观不合，已经不在同一个世界了，硬在一起，也只是徒增烦恼，未来的日子还很长，她想过自己喜欢的生活，这样下去对两人都是煎熬，不如一别两宽，各生欢喜。

她连夜拟了一份离婚协议，第二天，递给了前夫。

前夫考虑了一周，最终同意了。

他们离婚了，没有共同财产没房没车的，也没有孩子，倒是干脆利落。

她起早贪黑，跑客户，拉赞助，谈合作，每天除了睡觉吃饭，其余的时间都在工作。她只有一个目标：赚钱。

那几个月，她瘦了十来斤。

她攒够了钱，学了英语，还去考了驾照，最后在学画油画的地方认识了她现在的男朋友。

学油画的地方还是小孩子居多，只有他们俩看着岁数最大，可能真是同类人的气场会互相吸引，只是一个对视，他们就心照不宣地笑了一下。

可能是一见钟情吧。

没几天，她男朋友就来跟她搭讪，留了微信。两人当天彻夜长谈，谈自己的现状，谈自己夭折的爱情，谈对未来的展望，谈自己奋斗的目标，那是近一年她第一次跟别人说了这么多掏心掏肺的话。两人就像熟识的老友，彼此鼓励着对方去实现梦想。

破天荒地，她第二天睡了个懒觉，一觉醒来，看着他发来的“早安”的未读信息，轻笑起来。那天她就有预感，以后的日子，可能要不一样了呢！

她说：“他也是个爱‘瞎折腾’的人，要不也不会去学油画了。他也不是很有钱，但是支持我的决定，会替我分析我的决定是否可行，提出合理建议。我说我想把我的店开到国外去，这话以前和前夫说，他说我做梦。我和现男友说，他就开始给我规划未来应该怎么做，需要多少钱，他能替我筹多少之类。”

学妹后来扩大店面，现男友把自己30万的存款交给她，她当时并不接受，总觉得也没有结婚，恋爱期间不要有大额金钱往来，就拒绝了。最后男朋友一再坚持，她就把这笔钱算作男朋友的投资，给他一份分红协议，男友说：“这份协议也放你这里保存，你分红直接打我账户，我相信你不会少给我的。”

慢慢地，要强的学妹开始做任何决定都和男朋友商量一下，也不知道怎么，每次举棋不定时，听到他的鼓励都会很踏实。他也不是一味地赞同，有时也会提合理的反对意见，男朋友是个理智的男人，能把事业和爱情分得很开，这点学妹特别欣赏，谈工作时，他不会因为学妹是他女朋友就一味顺从，谈恋爱时，又绝不会提工作问题。

学妹已经见过男朋友家长，男朋友隐瞒了她离异的事儿，怕万一父母因为这个事儿挑毛病。男朋友父母倒是很喜欢学妹，一直希望他们可以早点结婚。

学妹带男朋友回了家，见了自己父母，学妹爸爸把她男朋友叫进书房，足足谈了一个小时，学妹忐忑不安地等待，最后，他们俩笑呵呵地一起走了出来。

“怎么样，我爸跟你说什么了？”学妹一脸紧张找了个借口，把男朋友拉到厨房。

“拿下了，老丈人说，我把女儿放心地交给你了，你可不能再让她受到伤害。”男朋友倒是一脸轻松。

“那你怎么说？”

“我说，再多的承诺也没有什么保障，您就看我表现吧！”

“我们互相见完父母得到认可之后，我才发了那条朋友圈，因为我怕啊！我怕太早公布恋情，最后又不得善终。其实前夫也没有什么特别的不好，只能说我们有缘无分，他终究只是我生命里的过客，我还是希望他可以找到自己的幸福。”

Fantang jiuguan

第十九篇：

你能理解那种心里突然好甜，
如果周围没有人
就会大笑出来的感觉吗？

我们医院一共2000来人，内部消化而成为夫妻的也不过十几对儿，要说成为“佳话”的，就三对儿，其余的只是经人介绍，只能称作合适的，平平淡淡的婚姻。这三对儿佳话，咱们一个一个说。

2014年，我调到门诊综合办公室，正好口腔科更衣室空调冷凝管漏水维修，口腔科女护士们就和我们共用一个更衣室了。

有一天下班，我跟我老公（当时还是男朋友）有约会，我换了衣服，给自己化了个妆。正好口腔科一个35岁的护士来换衣服，好奇地看着我，直到我化完，她也没走，过了一会，她可能实在憋不住，过来问我：“好神奇啊，你能不能教教我！”

我说：“好呀，明天中午午休我先给你化个妆看看，毕竟给自己化妆还行，给别人化妆我还没试过，咱们先试试！”

她笑嘻嘻地答应了。

当晚，我特意提前准备好自认为适合她的化妆品。

到了第二天中午，她迅速吃完饭，一脸期待地等着我，特别像乖巧的小学生。

我给她化了个淡妆，她欣喜地照镜子说：“哎呀，真不一样，我去让我们家老×看看去！”说着颠颠地跑走了，那感觉，宛如少女。

我明白她应该也是内部消化，老公是本院的。

我随口说了一句：“老×……很老么？”

她同事正吃饭呢，乐了：“不算老，就是比她大十岁，是咱们手术室的麻醉师。你这入职晚不知道，她和他们家老×当年的故事，是咱们这儿的三大‘佳话’之一。”

我一听，来了兴致：“可以给我讲讲么？！”

她们说：“你等她回来自己给你讲，当事人说得更清楚。”

在我的翘首企盼中，她回来了，心情很好：“我们家老×看了我说：‘嘿嘿嘿，真好看，以后你也多化化吧。’小孩儿（我是全门诊唯一一个20来岁的，大家都叫我小孩儿），你教教我呗。”

我说：“教你没问题，作为条件，给我讲讲你和麻醉师的故事吧！”

她有点不好意思：“哎呀，来个新人她们就让我讲一次，干脆我打印出来挂墙上，叫入院须知的故事得了！”

虽然嘴上这么说，她还是开始讲了她的故事。

她刚上班第三年，被分在了口腔科门诊。有一天，我们的男主角麻醉师因为牙疼难耐，来找口腔科主任。

主任一看：“你这有颗智齿都快烂到根儿了，怎么才来？”

麻醉师有点不好意思：“我这不害怕么，主任啊，您下手轻点啊，我这害怕疼！哎哟……哎哟哟……”

当时她正准备器械呢，一听麻醉师的惨叫，乐了：“那么一个大老爷们儿，这点胆儿，拔个智齿就怂了啊？”

麻醉师有点脸红，不再说话。双手紧紧抓住自己的裤子，忍住不发声。

主任给他处理了一下，让他过两天消炎了来拔牙。

他拔牙那天，她乐颠颠围观，麻醉师看到是她，问道：“你不忙么？”

她笑道：“不忙不忙，看你拔个牙的时间还是有的！”

麻醉师一脸无奈，别过脸去，一副慷慨就义的神色：“主任，我准备好了！”

主任一看他这副模样，又看到旁边看戏似的她，也笑了：“小×啊，你挺住啊，别在小护士面前丢脸啊！”

麻醉师一脸坚毅：“没问题！”

也不知道是太疼了还是条件反射，牙拔出的一瞬间，麻醉师眼角有一行泪划过，她憋着笑给他递了纸。

他接过去后头也不回地跑了，也不管主任在后面喊：“棉球多咬一会儿再吐啊，暂时别喝水！”

其实那时，麻醉师就记住这个笑起来眼睛很好看的姑娘了。

后来，她家装修，她歇班帮忙盯着。有个粗心工人把一个钉着钉子的木板放在地上，当时她正跟人家提想怎么装天花板，就直接踩上了，扎穿了鞋，差点穿透脚背。

她也挺狠的，愣是自己拔下来了，但是一瞧，钉子尖没了，估计断脚里了。家里人直接给她送到本院手术室。

麻醉师乐呵呵地看着她："小姑娘，你应该不怂不怕疼吧，那麻药我就不给你打了啊！"

她又疼又气，直瞪眼，憋红了脸，说不出话来。

麻醉师摸了摸她的头："好了，逗你的，你们这些小姑娘真可爱！"（后来结婚了，麻醉师承认他是故意的，他只是想跟她套近乎，本来这种小局麻，外科医生自己就能搞定，根本用不着再来个麻醉师的。）

麻醉师很温柔地给她打了麻药。

她说："他戴着口罩和帽子，只露出眼睛，专注地给我打麻药时，那侧脸真是好看。"

医生来取异物时，麻醉师问她："你怕不怕？"

她一脸倔强："不怕，我才不像你！"但是紧紧握拳的双手出卖了她，麻醉师故意看了一眼她的手，开始陪她有一搭没一搭地聊天，问问她多大啊，哪年工作，口腔科累不累，平时应该怎么保护牙齿，以此来转移她的注意力。

最后他还陪着她去打了破伤风针。

两人后来再见面就打个招呼，食堂碰到了还聊聊天。麻醉师一直找不到突破口，还是手术室护士长看不下去了，问他：“你是不是喜欢口腔科那个小护士啊，没事总在食堂蹲人家，就为了跟人家说几句话？”

麻醉师点点头：“是呢，但是不知道该怎么跟她提，这都是同事，人家要是没有那意思，多尴尬啊！”

护士长说：“要不人家说你怂呢，这样吧，我给你问问，你做好准备，回来听我消息。”

他差点给护士长鞠一躬。

护士长雷厉风行，直接找到她，说：“老 × 对你有意思，他说明天晚上七点约你吃饭，地点是 ×××，你要有心气呢，就去，没心气，就拉倒。”

护士长把这边的安排告诉了麻醉师，麻醉师做了准备。

第二天晚上，麻醉师第一次见到穿便装的她，一时间有些拘谨：“你来了啊！”他知道她的出现意味着什么，嘴角止不住上扬。

她问道：“你老笑什么？”

麻醉师说：“第一次见你穿花裙子，还挺好看的。”

这一次，换她羞红了脸：“油嘴滑舌。”

那顿饭吃得很融洽，吃完饭，麻醉师送她回家，正好被她遛弯儿的爸爸看见。老爷子当时不露声色地躲在黑暗之中观察。

她回家后不一会儿，她爸爸就来了，问她：“刚才送你回家的那个小伙子是谁啊？”

她一时不知道怎么回答，就说：“同事，我们医院的麻醉师。”

她爸爸笑呵呵地说：“就他看你那个眼神，还同事，我又不是傻子，你那么大了，搞对象我也不会拦着，哪天带家里来，让爸妈给你参谋参谋！”

她再一次害羞得说不出话来。

第二天，她把昨天自己爸爸的话告诉了麻醉师，麻醉师“嘿嘿”一笑：“你看看，旁人都看出来我对你有意思，你这么伶俐的一女孩，怎么就没看出来呢！”

她说：“你又没主动说，难不成我自己跟你说我喜欢你啊？”

麻醉师说：“嗯，我也喜欢你。”

讲到这儿，她问我：“小孩儿，你能理解那种心里突然好甜，如果周围没有人就会大笑出来的感觉吗？”

我连忙点头：“能理解能理解。”

她笑了笑，继续讲。

那次，她和麻醉师捅破窗户纸了，两人就以情侣身份相处了。后来有一次，手术室一个实习护士喜欢上了这麻醉师，跟他表白了，他特别冷静地说：“抱歉哈，我有婚约了。”其实并没有。

这件事她一直不知道，直到手术室好几个人看见她时跟她说“恭喜，哪天办事？”她去了解，才知道发生了什么。

那一刻她觉得这个男人真踏实。

再见面时，她故意问麻醉师：“你跟人家小姑娘说有婚约啊，你这不是骗人家么？”

他说：“哦，那你救救我，别让我有骗人的嫌疑，你回家和父母商量下，哪天有空，我和我父母登门拜访一下，谈谈我们的终身大事。”

那会儿，不流行什么求婚仪式，双方父母坐在一起吃个饭，就算订婚了。后来，两人顺理成章地结婚了。

没过几年，她怀孕了，因为胎位不正，最后决定剖宫产，麻醉师亲自给她打的硬膜外麻醉，打完后手就开始止不住地抖，反倒是她，握住他的手说：“我生孩子，看把你吓的。”

麻醉师说：“傻瓜，你不害怕还抓我那么紧？”

她挤出一丝微笑：“你在我就不怕了。”

最后她顺利生产，母女平安。

我听到这个故事时，她35岁。现在她38岁，3年了，但是岁月并没有在她身上留下痕迹。每次见到她，她都是笑眯眯的，爱情，真的会让女人更美丽吧，从她的脸上就可以看出，她真的很幸福。

顺带说一句，我们医院有三个护士长特别热衷于保媒拉纤，其中一个，她老公是铁路工程部某部门的，男多女少，她就积极地把我们这里的单身护士和那里的单身小伙撮合，有一年撮合成了七对儿，被工会评选为“最佳红娘奖”，还给了她一个500块钱的红包。

Fantang juiguan

第二十篇：

她再仔细一看电影票，
是场爱情片。

好多人看了我写的故事都问，男医生都归了小护士，那女医生怎么办？这篇就来说说女医生的故事吧。

我们医院内部消化的几个女医生都归行政人员了……有两三对儿是通过同事之间介绍，双方觉得合适，就一直交往到结婚。

还有一对儿“佳话”，挺有的讲，是我们医院人事科科长和门诊部女主任的故事。两人现在都五十来岁了，感情一直很好。

那年门诊部女主任刚上班，还是个普通医生，人事科科长也只是工会的一个小职员。

有一个月，女医生的工资被算错了，少了十几块钱。那个年代的十几块钱真是值钱了。女医生家里条件略差，父亲身体不好，只能打打散工，还常年吃药。母亲就是个普通工人，家里供她上学都借钱了，可以说她是那种通过自己努力改变命运的女孩子。

那会儿还在工会当小职员的科长就喜欢串门，去各个部门跟同事聊天，一来打发空闲时间，二来看看大伙都有什么想法和要求。

无巧不成书，女医生气势汹汹地来找财务“算账”时，小职员正好在财务科串门。

女医生也是刚上班没多久，行政的人压根没认全，结果就把小职员当成了财务部门的，见面就一顿数落："你说你们这群行政人员，真是官僚主义，知不知道我们基层人民多辛苦？你们坐在办公室里，还做不好自己的本职工作么！你们知道别人家里等着米下锅么？"

说着说着，她越想越委屈，想到爹妈为了供她读书省吃俭用，她现在还不能改善家里条件，还被少给了这么多工资，想着想着眼圈就红了，为了不让人看出她哭了，她低着头赶紧跑了。

小职员在原地，随即扭头问同样傻眼的财务："这丫头是哪个科室的？这么冲啊，赶紧给人家看看是怎么回事！"

财务会计一清算，原来是把人家女医生的夜班费忘了加进去。财务会计当时手边还有工作没做完，更不好意思再叫人家来跑一趟，就准备下了班再给她把钱送去。小职员当时心想，多等一秒人家小姑娘就寒心一秒，于是主动讨了这份跑腿的差事。

女医生在财务科发完火就后悔了，大发雷霆一通倒是把气出了，但好像没把事情说清楚，所以在科室门口正犹豫要不要再去财务科一趟。小职员拿着钱过来的时候正好撞见她，她刚哭过，鼻子还红红的，但看见小职员后那小表情立马变倔强了起来，尽管说话还带着哭腔："以后不要粗心大意了！我们这些临床医生能出错么？出错一点就人命关天，你们可好，工资都算错了。”

说完一把拿过工资，然后扭头就走，留下一个背影。

小职员被这瘦小又潇洒的背影惹笑了，觉得这姑娘还真有意思。

小职员心里就此住了一个眼圈红红鼻子红红的小姑娘。以至于多年以后，他当上人事科科长，第一件事就是跟院长商定一条规矩，以后财务科要是算错工资，差的从他们工资里扣，让他们自己给人家补。临床医护人员很辛苦了，相对来说行政轻松些，便更不能出错。

女医生和小职员的误会是在后来的三八妇女节活动上解开的，工会组织的活动是跳长绳，小职员就在队伍里头。女医生这才发现小职员不是财务科的，心里千万个过意不去，散会以后主动走到他跟前，跟他道了歉。小职员一副蒙受冤屈的样子，让女医生赔偿自己。

女医生怯怯地问：“如何赔？”

小职员当然不是真的介意，就是跟女医生开个玩笑，不过看见女医生服软的表情之后，他突然觉得这女人温柔起来真难得啊，于是计从心来。

他问："中午你回家吃饭不？"

女医生说："都是在食堂吃。"

"好，那你就替我打两周的饭。你等等，"没等女医生反应过来，小职员从兜里掏出饭票塞给她，"这是今天的饭票，其他的我回头给你送。"

女医生："啊？哦！"

小职员怕她反应过来后不同意，赶紧走为上计，留下一句："多的饭票用不完，你想吃啥就买，不用还给我了。"

小职员查过女医生档案，看到父母职业后就知道她家境不太好，也明白了那天她为什么会因为十几块钱哭鼻子，而且呢，又觉得女医生太瘦了，想将计就计让她多吃点，没敢多说时间，就说了两周。

女医生杵在原地，看着手里的几张饭票，心想午饭可以加鸡腿了。多余的没想。

那天开始，女医生每天中午都会准时把打包好的午饭放到工会职员吃饭的桌子上，来去匆匆，少有机会和小职员见面。有一次她正好和小职员碰见，随口跟他聊天，说食堂做的大鸡腿可好吃了，要不是实在吃不下了她还想吃两个。

小职员边吃饭边回想她可爱的模样，每一顿都喜笑颜开。一来二去，同事们开始问女医生是不是和小职员谈恋爱了，女医生叼着鸡腿，搪塞同事：“要是天天能吃鸡腿，谈恋爱也不错啊！”

八卦的威力是极大的，这话就这么传进了小职员的耳朵里，有次女医生来送饭，小职员掩着笑意问她：“你那天说的是真的吗？”

“那可不！”女医生那会儿真的是特别单纯，从没谈过恋爱，上学那会儿也是一心学习的女学霸，这方面思维不是很灵光，还以为他问的是食堂鸡腿是不是真的好吃。

小职员以为女医生明白了他的心意，自己还偷笑半天。

女医生心里记着跟他说过食堂做的鸡腿好吃，那天他又主动来问，猜他一定是想尝尝，于是下一次送饭就给他加了个鸡腿。

两周后，女医生找到小职员，把多余的饭票还给他。小职员看着微微胖了一点的女医生，有些不舍地问：“你还想吃鸡腿吗？”

“想啊！”女医生张口就回，虽然这两周是“服刑期”，但得了好处的明显是自己。

“那不用你再跑腿给我打包了，以后我们一起去食堂吃，我请你吃，咋样？”小职员满怀期待地问。

女医生天真无邪，觉得跟谁吃饭都是吃：“行啊，但我自己也有饭票，不能再用你的。”她就想啊，这两周她省下不少饭票了，还能给小职员买两个鸡腿吃。

小职员应了，但从此之后都会给自己多打一个鸡腿，然后用“买多了吃不下”的借口送给女医生。

因为医生得不断和病人亲密接触，还要保持卫生，所以洗手就洗得勤。女医生也不注重手部保养，手上有许多裂纹，天冷以后更加明显，一迎风骑车，手上就裂开了大大小小的口子。小职员看见以后挺心疼，去买了几个保暖用具和手油塞给女医生，说：“一个姑娘家，怎么不知道心疼自己！”

女医生感谢了小职员，但她一直过的就是苦日子，也不心疼自己，转头就把保暖用具给了她认为更加辛苦的爸妈，说是医院多发的。

这事儿激起了小职员的保护欲，他更加心疼这个孝顺的姑娘了。他在心里暗暗发誓，要把这姑娘没过过的好日子，全都补给她。

当时工会总有医院发下来的电影票，工会员工就会挨个给每个科室发票，都是教育类电影，每个科每周必须有人去看。小职员每次都自留两张票，别人看电影，是一周或者一个月轮到一次，女医生可好，被内定安排一周至少两三场，当然，每次坐她旁边的都是小职员。

电影就那么几部，女医生一个月要重复看好几次同样的电影，她那会儿还以为是小职员在以权谋私，趁机对自己打击报复。

半年以后，隐忍不发的女医生终于问出来了："你干吗那么针对我？"

小职员一脸懵逼："没有啊！"

女医生问："那你安排我看那么多场电影？"

小职员差点一头栽下去，无辜地说："我这不就是找借口跟你单独呆会儿么！你这个丫头看着挺精明的，怎么到这事儿上傻乎乎的，我前阵子暗示得还不够明显么？你看不出来我对你有意思？"

女医生这才恍然大悟，瞬间脸红了。

一天，小职员又给女医生一张电影票，说不见不散。女医生刚要发火，想说自己已经完全接受到各式的洗礼了，能不能不去？

然后她再仔细一看电影票，是场爱情片。

女医生没在电影院看过爱情片，于是欢欢喜喜去赴约了。电影演到后期煽情片段，小职员悄悄往她手里塞了一个纸团。

她借着银幕微弱的光打开一看："你要是答应做我对象的话，这周末跟我回趟家，我爸妈想给你做饭吃。"

女医生偷偷笑了，轻轻地"嗯"了一声，虽然声音特别小，但是小职员还是听到了，毕竟，他一直在屏气凝神观察女医生的反应呢！

女医生和小职员这一恋爱，就到了谈婚论嫁的年纪，双方父母都挺看好他们。他们办了个温馨朴素的婚礼，日子过得幸福快乐。

20来年过去了，现在两人一个成了部门里的门诊主任，一个升成人事科科长。科长每天下了班都风风火火赶来接主任，毕竟行政人员的下班时间固定，医生并不固定，有时还要加班。

路过的同事都故意跟他打招呼："科长，又干吗去？"

科长也知道大家是逗他，丝毫不介意，笑成一朵花："找媳妇去！"

前几天，科长又去等主任下班，一个老太太做化验去了，等结果，回来晚了，虽然已经到了下班时间，主任还是耐心给她讲了她的问题，科长就在旁边等着。

临走，老太太说：“主任，你脾气真好啊，我们这些老年人脑子也不行了，嘴也笨，你从来都不着急，谢谢你啊！”

主任面带春风地把老太太送出门，科长冲我们努了努嘴，小声念叨：“虚伪的女人，平时跟我在家脾气可大着呢！”

Fantang jiuguan

第二十一篇：

高学历的小艾，
最终未逃过恋爱里
零 IQ 的魔咒。

我认识的一个姑娘，在外企工作，公司要求员工都要有英文名，她给自己取名叫Aries，我们干脆都叫她小艾。这姑娘属于真正的“有趣的灵魂”，长得也清秀可爱。

小艾大一报到时，没有注意到“防火防盗防师兄”，就被迎新的师兄撩到手了。师兄特别会谈恋爱，在此之前单身已久的小艾迅速陷进爱河无法自拔，两个人你侬我侬，如神仙眷侣。

其间师兄犯过错误，就是有一次他和小艾说自己在宿舍睡觉，结果小艾去男宿楼下给师兄送好吃的，打他手机怎么也打不通，小艾担心出了什么事，雷厉风行地去了师兄宿舍。宿舍里正好有个留下来值日的，告诉小艾说她师兄在某KTV。

小艾匆匆赶到KTV的时候，正好看见自家师兄被妹子们围在中间嬉笑，好不乐哉。

小艾自认倒霉，摔门离去。

然后师兄一路狂追小艾，不断解释说是社团里有成员为了应考不得不退出社团，也架不住盛情，就来参加“送别聚会”，之前他已经拒绝很多次了。小艾将信将疑，总觉得师兄社团里女成员未免太多。师兄一听，当下就决定社团不再收女成员，以此明志，又对天发誓诚不欺她，小艾信以为真了。

有次出去吃饭，师兄的手机丢在路上了，具体也不知道哪儿，于是用小艾的手机功能搜索，结果还真找到了。

小艾那次就知道了他的账号密码。

两人在爱河里沐浴了三年，一转眼小艾大三了。有一次，小艾想约师兄出去，师兄却说社团有活动。鉴于师兄有前科，所以这次小艾觉得哪儿不对劲儿。

小艾灵光一闪，用手机查找功能定位了师兄的位置。

要么怎么说男人讨厌女人瞎猜呢，因为猜得太准了——师兄的手机定位在了学校旁边的小旅馆。

小艾抓奸去了，由于不知道在哪个房间，也不好意思在旅馆大动干戈，她就在旅馆外头堵着师兄，一直到天色近黑，快到了校园门禁时间，师兄这才慢慢悠悠踱步出来。

看见小艾的师兄一刻也未曾慌乱，而是立马戏精上身，一脸愁容地走向小艾："有个事儿我不知道该怎么和你说……"

小艾按捺住打人的冲动，想听他葫芦里卖的什么药："你就直接说。"

师兄一张口眼圈就红了，语气真真儿的："我家族有遗传病，绝症，我可能也活不了多久了。我想用这种方法让你离开我，但是看到你我又狠不下心了。"

说完，手捂上嘴，一阵猛咳，再拿下来看手心里尽是血。

繁星当空，此情此景，把小艾悲伤的情愫勾了上来，几年来师兄对自己好的往事涌上心头，她竟又相信他了。小艾抱着师兄痛哭，哭着原谅了师兄，还怪他什么都是一个人扛，当空宣誓：“老公，无论你怎么样，我都不会离开你的！”

高学历的小艾，最终未逃过恋爱里零 IQ 的魔咒。

现在，工作了四年的小艾给我们讲这段往事时，痛心疾首：“后来我才知道，那货吐血是因为牙龈出血，一嘬就能表演吐血，我当初还傻兮兮地抱着他说，老公，无论怎么样，我都不会离开你！我现在真想敲死当年的自己！奥斯卡小金人不给他都可惜了！”

小艾是在大四的时候知道真相的，4 年了，女人的热恋感觉怎么说都过去了大半，托热情消耗的福，小艾的 IQ 逐渐回升，愈来愈觉得吐血剧情过于狗血，每每吵架了就对师兄盘问这件事。

圆一个谎的代价是千万个谎，最终是师兄受不了满是谎言的日子，索性破罐子破摔，露出了渣男嘴脸，坦白从宽之后，和小艾一刀两断。

小艾当时对他也没太大感情了，骂了他一顿后，和他老死不相往来。痛定思痛吸取教训后，小艾把这事儿当成漫漫人生路中一个奇葩经历罢了，有趣的灵魂嘛，就是比常人看得开。

大四下学期，桃花又开，小艾在回老家的火车上认识了同是老乡的男孩，两人相见恨晚，处了一段时间就成男女朋友了。

在一起 3 个月的时候，毕业季到了，两人的毕业意向出现分歧：男孩想要回老家，小艾想要留在这个大城市，觉得发展机会能大点儿。

同学们纷纷回家或远走，不想异地恋的小艾当机立断，忍痛提出分手。男孩去车站那天，小艾在搬空了的宿舍里坐着纹丝不动，男孩在车站等了很久，直到检票员催他那一刻，他才懂小艾的心意已决。

男孩拉着行李上车了，临走前连着向站口望了好几眼。

他们的恋情就如毕业聚会一样，最终是散了。

小艾找到了第一份工作，岗位稳定下来后又一个人重返校园，她漫步在曾经和男孩嬉笑打闹过的每一处角落。

小艾心里难受起来，她突然觉得这座城市好陌生，抑或是自己从来没了解过这座城市。

可小艾打心眼儿里是个独立要强的女性，她一个人，就这么在陌生的城市打拼了两年。虽然她对家里都是报喜不报忧，但小艾妈妈看出了她的苦，心疼她，有一天在电话里说："你考公务员回家工作吧，妈妈不舍得你一个人在外地。"

小艾觉得紧绷着的神经被妈妈温柔似水的一句话冲垮了，加上她工作的外企里勾心斗角、尔虞我诈，实在不适合直性子的自己，忖度之下，她决定考公务员，回家！

那会儿是2017年年底，快到新年了，小艾用了一年的时间考过公务员，老家的工作问题也随之解决了。于是她辞职了，准备回家过年，过完年就去新单位报到。

这3年，小艾压根没动过谈恋爱的心思，因为工作压力大，也没精力去谈恋爱。

过完年，那个毕业后和她一别就没有再见的男孩联系上她，说想请她吃顿饭，毕业那天都没有好好告别。

小艾斟酌一下，觉得当初是和平分手，如今扭扭捏捏地拒绝反倒不符合她大气的性格，于是大大方方赴了男孩的约。两人再次见面，她明显感觉到他不再是那个青涩的男孩了，时间的锤炼已经使他变得成熟，男孩却说小艾没变，还和自己记忆里那个女孩一样。

旧情人见面，尴尬是有的，男孩和小艾都不肯先坦白对彼此的想念。两人举手投足间努力体现着自己现在过得很好，谈笑风生中努力表现出自己当初的选择没有错，那是平淡又客气的一顿饭，像两人当初分手时一样平淡。

两人没其他好说的，共同的话题无非是回忆青春，男孩像开玩笑似的说：“当初真该和你一起留在那儿了。”

小艾想起来独自打拼时的苦，摇摇头：“还不如在这儿好。”

男孩凝视着空气，淡淡道：“我就是这样想才把你弄丢的啊！”

小艾哽住，故作无谓地回：“嗨，我这不是回来啦！”

两人笑起来，相顾无言，只有举杯痛饮。

吃过饭，男孩和小艾都没有回家的意思，两人并肩走在灯火阑珊的街上，低着头，跟着对方的脚步。

一阵晚风袭来，吹得人生冷，小艾和男孩你看看我，我看看你，最后谁也没说“风太大了，天太晚了，回家吧”。小艾缩缩脖子，想把羽绒服拉链拉上，但长款的羽绒服不好拉，肩上的包又老往下掉，小艾笨手笨脚努力无果，索性放弃了。

男孩特别霸气地把她的包拿过去，蹲下来给她拉拉链：“笨死了。”

小艾低着头呆呆看着男孩，突然很想和他再呆久一点。对，再呆得久一点吧。

男孩站起来的瞬间带起了一阵风，带着他体温的风，暖暖的，吹起了小艾心里的波澜。几团枯叶滚过来，小艾抬起一脚踩过去，咯吱咯吱地响，男孩笑她，果真是个小女孩。

两人漫无目的地走，男孩问她："你这次过完年哪天走？我去送你。"

小艾回："这次不走了，彻底回来了。"然后又肯定地加了句，"嗯，就留在老家，哪儿也不去了，还是家里最好。"

男孩听了，停下脚步高兴得不行，他扳过小艾的肩膀，深情说道："你知道吗？你用了3个月，换了我3年，我一直没有再恋爱，我们，还能在一起吗？"

小艾扭过身，用了十足的力量按捺住开心到爆炸的表情，嘴硬地道："看你表现。"

然后转身指着街对面的糖葫芦，说："我要吃那个！"男孩喜滋滋地去买了一堆糖葫芦回来。

相逢不一定是缘分，重逢一定是，两人就这样再续前缘。

第二十二篇：

“你好，男朋友。”
“你好，女朋友。”

张宝跟我说："柠檬，我的现任和前任都是很好很好的男孩子，这个故事你要不要听？"

"当然啊！"我回复。

她开始叙述她的故事——

大学刚开学不久，晚上和小姐妹去操场溜达看见有一群人在跳鬼步，我也过去一起玩，认识了前任。

当时是晚上，天很黑，都看不清彼此的长相，但也一见钟情了，因为我俩都是特别喜欢玩闹的性格，之后他以接我上下课、一起吃饭、经常出去玩这种形式追了我半年之后，我们才在一起的。

学校蛮大的，他寝室和我寝室是在两边尽头，但是一直都是他来我宿舍接上我，再去他宿舍旁边的食堂吃饭，再送我回来他才回宿舍，整个大学时期都是这样。当时走路我都是被保护在内侧，吃饭时他会把掰好的筷子递给我，下公交车他会先下去在车下接着我以防我摔倒，会在半夜的时候因为我随口说饿了就想办法求宿舍阿姨过来给我送吃的，会留我喜欢的发型，每次去超市都会给我带一支棒棒糖，会改变自己的生活习惯一味地迎合我，整个大学时期毫不夸张地说我确实有点生活不能自理，一直在被他照顾。

在一起一年半之后他毕业，为了完成家长的心愿他去当兵，他去部队后我正好经历大学毕业、找工作、租房子、搬家等一系列事情，因为被他照顾习惯了，在搬家第一晚我连自己安装鞋架这种小事都不行的时候气得崩溃大哭，嫌弃自己没用也怨他连我电话都接不到。哭了很久之后还得擦擦眼泪继续安装，也就是那时候，我是真的意识到以后的日子可能不会有人保护着了。

和军人恋爱很辛苦，异地恋本来就是靠通讯联络感情，可是和军人异地恋爱连通讯都受到阻碍。他适应他的部队生活，我适应大学到工作之间所有事情发生时没有他存在的境况，等了他一年半，在他还有半年退伍的时候被分手了。

他考虑了家里父母等所有因素，再加上他转士官得再留部队 3 年；说大家都是 20 多岁的年纪了，况且他回来之后也没有办法在我喜欢的城市安家，不想让我再浪费青春等下去，跟我分手了。

他在学校照顾我一年半，我等了他一年半，连时间都很公平。刚分手的时候觉得委屈，特别委屈，但是我不怪他，也理解他，换成我在他的角度差不多应该也是一样的做法。

后来他想过复合，我拒绝了。年少时的感情很热烈，但是仅限于年少时，就算现在他退伍回来我们一起生活也未必能合拍地生活在一起了，人都在长大，为人处世的想法、格局、喜好也都一直在改变。

我那时候年纪小不懂付出，一直都是很任性地索取，我很感谢他一直无条件以我为中心地照顾我，也很感恩可以有这样一段感情经历。

我希望他以后可以很好很好，有很好的身体，遇到很好的人，组成很好的家庭，过一个很好很好的人生，真心的。

和前任分手之后，我在今年的计划里原本是没有谈恋爱这一项的。单身一年多，我觉得一个人的生活真的自由洒脱，以后的日子一个人应该也可以过得很不错，但是遇到了现在的男朋友，是很意外也很惊喜的一个变数。

前几个月我自己报了一个出境的三国游，男朋友是我们团的领队。在国外语言不通，他打车点菜给我翻译的时候，我被海关卡住要小费他稳稳地教我如何应对的时候，玩游戏还能照顾大家心情的时候，我逐渐被他的魅力折服了。

回国之后他开始每天来我单位接我下班，下班后一起吃饭一起去玩，从他家到我家大概往返 3 小时左右。今年夏天沈阳特别热，我们也一直无间断地见面。

我们是认识一个多月后在一起的。我就一下子想通了，想试试，觉得难得遇到喜欢的并且志同道合的人，很不想错过。

男朋友有很强的行动力，我说想看书，他隔天就带了很多本不同类型的书过来。我说想搭帐篷野餐，他休息日就拿帐篷到我家楼下接我去公园。我说要不然哪天去吃酸菜鱼吧，下班直接带我坐车，说已经订好了店。我真的特别喜欢他这份行动力。

我们有很多共同兴趣。在一起两个月差不多走遍了沈阳的所有公园，一起滑冰，一起去图书馆看书，一起去电影院，一起做饭，一起看二人转，一起跳广场舞，一起打扑克玩游戏，一起搭帐篷野餐，一起旅行，一起过节，一起庆祝生日，一起下象棋、转魔方、解九连环，一起吃了好多顿饭，一起介绍认识彼此的朋友，真的一起做了很多的事情。

和以往的恋爱不一样，这次我觉得我们是两个独立的人，彼此选择了对方之后一起面对了很多事情，我想把一切美好的东西都给他，想和他一起做很多事情，想和他共存下去。

我是对婚姻很悲观的人，但自从跟他在一起之后好像乐观了很多，想到以后可以养一只猫一只狗，再养一些鱼和好多花，一起做饭、一起旅行、一起生活，一起过很长很好的一生，应该也是很不错的事情。

我的领导有一次很不讲道理地强制给我安排了带团的工作，那天一整天我的心情特别特别糟糕，整个人气得发抖好几次非常暴躁。

他晚上来接我下班拉着我的手说：“宝，你今天心情不好，给你准备了小礼物，但是你也知道你家忽悠（男友外号）手工方面实在是不够优秀，这个礼物我准备了一个多月，原本是打算七夕送给你的，可是今天心疼你，就把计划提前了，想让你开心一些，宝你做好心理准备啊，可能不够完美。”

他拉我进楼道，随后我看见了墙边的礼物，一捧满天星上面铺满纸花的花束，是漂亮的，可以说是非常惊喜。我的感动也是真的，毕竟这个男孩子在手工方面的天赋可以说是为零，这么用心的礼物我大概能猜到他是需要有多努力才能完成，一瞬间我的烦恼烟消云散了。

对了，说一下他跟我表白那天的场景吧。

他约我见面，突然单膝跪地：“这话都说了不下 10 次了，这次怎么还有一点难说出口呢？呼，张宝，我真的特别喜欢你，做我女朋友好不好？”

一米八几的男孩子单膝跪地满眼真诚，旁边是准备了好久为了让我开心的礼物；37℃的沈阳，他每天往返坐 3 个小时左右公交车从浑南到大东来接我下班的行动，我何德何能啊，可以遇到这么好的男孩子。

我这个人是有一点怕麻烦的，因为正式谈恋爱之后就需要认真对待，有约束，要负责任，我不想打破现在这种自由的生活状态，但是这次觉得，好像可以给彼此一个机会试一下，我想了很久，给自己做了无数的思想工作。

我认真地看着他：“我们来个坦白局吧，个人经历、三观、家庭、朋友、前任，我们重新认识好好了解一下，来。”

我拉着他在楼下石椅相对而坐，晚风徐徐，两个人絮絮叨叨说了很多很多关于自己的事情，我也真的觉得眼前的人从模糊的轮廓变得越来越真实。坦白局结束后，我深呼吸一口气，伸出右手：“你好，男朋友。”

他愣了一下笑开来，伸手握住：“你好，女朋友。”

Fantang zuiguan

第二十三篇：

那余生就请
老板多指教啦！

“×××就是他妈的王八蛋！”小童红着眼，狠狠骂道，“可是还是好想他……”她声音越来越小，最后变成了呜咽。

7年的恋人，最终对方以一句“我累了”收尾，任谁心里都不会好过的吧！

7年啊，一起走过了多少路啊！

小童走到街角，那是他们曾经手拉手走过的地方；小童在家门口等车，那是他每次送她回家目送她进小区的地方；就连午休时间，小童想去吃简餐，点餐一开口，就点了一杯他最爱的美式咖啡。

忍耐着这些回忆的折磨，小童下班了。

不想吃饭，她直接打开了电脑。

呵呵，就连现在最爱玩的网游，也是前男友带入坑的。

匹配选人，小童看到对方有人选择的英雄，是前男友最顺手的本命英雄。小童当即就选了克制那个英雄的角色。

这一局，小童的重心就是，杀那个英雄，简直是追杀式行动，只要看到那个英雄，她就想尽办法杀掉他，哪怕追进塔下同归于尽。

报复的快感。

一局结束，对方那个人发来消息：大哥，您有病吧？虽说竞技场凭实力说话，您说您可着我这一只羊薅羊毛，图个啥？我们无冤无仇吧？

小童：谁让你跟那个渣男选了同一个英雄，活该！

对方：哦，我明白了，老阿姨失恋了吧，那我原谅你了，哈哈哈哈！

小童：滚特么犊子，谁是老阿姨……

一顿狂喷。

对方：发泄痛快了么？要不一块儿打两局？我再也不用这个英雄了行么？

小童一愣，迅速敲下：就你这水平，拖我后腿。

对方：是是是，老大，求带我躺赢，你看我这新买的皮肤，都不用了，你说用啥我就用啥，行不？

小童：连麦，听我指挥！

从那天开始，两人就经常一起开黑，别说，配合得还不错，后来加了微信，小童看了对方照片，文文弱弱的眼镜男，跟游戏里那个猥琐相完全不相符啊！

两人的消息也简单。

“开黑？”“开！”

有一天小童刚上线，前男友私信她：.还好吗？

小童回：很好，跟我男朋友开黑呢！

前男友：那就好，祝你幸福！

小童感觉自己硬撑着的自尊瓦解了。这时，她的眼镜男催她组队，小童接受了。这一晚发挥失常，他们几乎是从白金掉青铜的节奏。

眼镜男语音里问：老大，你这状态不对啊！

小童沉默不语。

眼镜男隔了一会又说：老大，是不是遇到什么不开心的事情了，你说出来，让我开心一下呗！

小童又是将他一顿臭骂，他却笑了：怎么样，好点没？

小童红了眼圈，说：他真的一点不在乎我了，我骗他说有男朋友了，他居然一点都不吃醋了。

眼镜男说：老大，振作！我们继续匹配，万一匹配到他，咱俩联手爆他菊花，打到他怀疑人生而弃游！

小童笑出了声。

两人从这天起，就开始聊点私人话题了，比如工作啊、同事啊、家庭之类。小童得知眼镜男就在邻省工作，也是一个人在外地打拼。

每天，也只有在下班了和眼镜男一起打游戏这段时间，小童才心情好一些。

突然一天，眼镜男消失了，不上游戏，信息也不回。小童一阵失落：呵呵，男人，都是这副死德行。

习惯真的是可怕的东西，小童习惯了眼镜男每天的陪伴，他突然不在了，还真是别扭。

连着一周，小童都没上游戏，周末时，她突然收到眼镜男的信息：老大，开黑不？

小童：哦，你没死啊！你等我开电脑。

眼镜男：那个老大，不用连麦今天！

说着，他发来一个定位，小童瞪大了眼睛，那个定位是离自己出租屋不远的一个网吧。

眼镜男说：老大，我们公司正好有到这个城市 X 公司的外联工作，我就申请来了，这一周可忙死我了，你是不是应该开恩，跟我当面双排开黑？

小童抿嘴一笑，回复：等我。

小童没有立刻出门，而是先化了一个美美的妆，自从分手以后已经很久没有心情打扮自己了，加了眼镜男后她也没在朋友圈发过自拍，而眼镜男也从未要求过看她的照片。但是女人，当然会以最好的状态去见人，让对方不负此行。

小童的底子很好，化完妆属于在人群中一眼就能看到的美女。她来到网吧后扫视一圈就看见眼镜男了，她走到他面前，递之一个很甜美的笑容：Hi！

眼镜男愣神了几秒，然后“嚯”的一声站起来伸出手：“你好！”

小童笑弯了腰，握住他的手：“虽说是线下第一次见面，可每天都聊天，已经是很好的朋友了，不用这么正式吧？”

眼镜男羞涩地推推眼镜，远没有一起开黑时放得开，就是线上动如脱兔线下静如处子吧！

小童用胳膊肘捣他一下：“装啥小白兔呢？！”

这句话立马破解了两人刚见面的矜持氛围，眼镜男见小童如此落落大方，自己的羞涩也不攻自破，这才放心说：“老大，你比我想象中好看多了！”

小童反问：“哦，你是不是以为我是个肥宅？”

眼镜男刚想反驳，但想了想说：“不瞒壮士，还真是。”

小童又捶他一下："以前打你都是发表情包意思意思，今天可算圆梦了。我去开个机子，等我。"

眼镜男真没想到天天和自己聊至深夜又兴趣相投的网友是一大美女，这突如其来的幸福，想着想着还掐了自己一下，嗯，不是梦。

小童开了机，两人打开网游，开始了一场面对面开黑。

两人摘下耳机，小童为胜利欢呼一声，眼镜男则比较镇定，问她："还玩吗老大？"

"玩玩玩，难得今天手气这么好，赶紧来几盘排位！"

也不知道是人逢喜事精神爽还是怎么回事，两人第一次在高端局里一路顺风，再加上两人游刃有余的配合，每次都抢先占领敌方高地。

又一局顺利结束，一上午过去，两人成功升了一个段位。小童摘下耳机，开心得直跺脚。眼镜男看见小童这副样子，感觉被击中了，还猜想会不会每次赢了游戏，她都在屏幕前开心到跺脚？那可真是太可爱了。

眼镜男等小童高兴完，说："咳咳，老大别玩了，玩太久对眼睛不好。”

小童伸了个懒腰，说：“得嘞，正好我也累了！”

以前在网上的时候，每当玩了很久游戏，眼镜男也会催她歇歇眼睛，说她不累电脑还累呢。小童每次都犟不过他，于是乎放弃反抗，恭敬不如从命。

眼看到中午了，小童提出要尽地主之谊，请眼镜男吃午饭。虽然午饭吃啥是个千古难题，但两人想都没想就异口同声说火锅！

小童火速带他来到了当地最好吃的火锅店，眼镜男说自己不挑食，吃什么都行，让小童看着点，小童凭借多年的经验点了全辣的锅底，一桌最适合烫火锅的肉和菜。

去拿蘸料的时候，小童看眼镜男往碗里夹了一大撮香菜，语气像找到了同道中人：“嘿，阁下也是香菜党！”

眼镜男回了一句：“嗯呢，保护我方香菜！”

没想到两人在网上有相同的兴趣，在现实中也有。

吃火锅时，小童吃得畅快淋漓，眼镜男辣得直眼掉泪。小童在畅快之余突然想起了多日以前聊天的时候，她提过一句自己爱吃火锅，而眼镜男则回她，他最遗憾的就是不能吃辣，因为有胃病。

小童心里狠狠自责了一把，同时想起前男友来，他也不能吃辣，和他在一起的5年里小童特别懂事，一次都没提过吃火锅。看着眼镜男为了不扫自己兴而隐忍的模样，小童搁下筷子心酸起来，她突然觉得自己5年的懂事都喂了狗。

小童摇摇头，试图甩掉脑海里的回忆，然后猛地站起来向柜台走去，她请服务员帮自己换个鸳鸯锅底。

服务员换完锅底，眼镜男用疑惑的目光看向小童，小童一拍桌子：“就算是吃饭，我们也不要委屈自己来讨好别人，记住了吗？！”

眼镜男被她说得一愣一愣，接着若有所思地点了点头：“老大圣明，千秋万代，一统江湖。”

小童：“滚蛋，你才东方不败呢！”

酒足饭饱后，小童去柜台结账，服务员听完桌号后告诉她：“和您一桌的先生已经买过单了。”

小童顿时发现，眼镜男太体贴了，他一开始不会在你说请客时跟你瞎推辞，而是一声不吭就把单买了。

出了火锅店，两人在街上瞎转。眼镜男看外面的天开始擦黑，便催小童回家。小童笑他："你怎么比我爸还操心？"眼镜男脚步一顿，望向天空："可能是我命里缺女儿吧。"话音未落又是一捶，小童："我看你命里缺打。"

眼镜男把小童送到楼下，眼看着小童上楼后才放心回到自己的出租屋。可小童还没和他待够，于是以最快的速度洗漱完毕，摩拳擦掌地打开了网游，给他发了个邀请上线的消息。

几乎是秒回，眼镜男说："我刚到家，老大，今天不玩这个了。你等我消息。"

不一会儿，小童收到了一款修仙类的网游邀请，和眼镜男的一句："来，带你一统江湖。"

小童很快注册完毕，并在一个闲云野鹤的情景中循着路线找到眼镜男，只不过眼镜男的身边围了很多人，小童看到屏幕上各玩家的聊天弹幕里在说："活捉大神！""大神看我，啊啊啊！""今天也是为大神心动的一天呢！"还有人放出了位置路线，于是地图上越来越多的红点开始往这移。

小童眼珠子差点掉地上，这货是眼镜男？这时，小童收到一条消息，是眼镜男发来的：不好意思啊，我已经选了个人最少的地点了，怪我。你过来，我带你去地图里转转。

小童走到眼镜男身边，又接到了他“牵手”的邀请，小童点击了“确定”，紧接着一跃而起，眼镜男带她飞出了人群。大众聊天框里立刻炸开了锅，开始猜测这个新人和大神是什么关系。

小童说了眼镜男一路：藏得真深啊，你居然是大神。

眼镜男做了一个耸肩的动作，说：一个游戏而已，不值一提。我队伍里向来只收男的，好友又没有关系好的女生，明天就发情人节限礼了，这次礼物特别丰厚，必须是有情侣认证的一男一女共同完成高难度任务才能领取，和我默契度最高的，只有你了老大。接着发了一个拜托的表情。

这下小童完全懂了他的意思，表示没问题：那还等啥呢，快确认关系吧！

小童以为这游戏和自己玩的那个一样，想做情侣直接点击确认情侣关系就完事了，没成想眼镜男给她在游戏里办了个豪华的神仙级婚礼。

婚礼消息一发，各路神仙放下手中的任务就往这边赶，弹幕又开始刷了：“一回归就结婚是什么操作？”“3年等不来一场雨，我始终还是没等到你。致大神”……

小童对这些痴男怨女的弹幕哭笑不得，如果他们知道心中的大神是为了情人节礼物才结婚又得震惊成什么样。

眼镜男带小童玩转仙境，几小时下来，小童已经掌握了基本游戏套路。

第二天的比赛，眼镜男在前方大杀特杀，技能让人眼花缭乱，对方的实力和眼镜男比起来水平之悬殊，高下立判，小童基本就是在眼镜男后面躲技能，完全不用自己动手。

小童闲得无聊，发送了一句：诶，这不是不需要我配合嘛？

眼镜男立马单手回道：老大你在，我才能稳。

比赛结果自然是花落大神家，要不怎么说大神就是大神呢！

“大神就是大神！（星星眼）”“还以为今年会有奇迹呢！（哭）”“输给大神不丢人！”

奖品是稀有装备若干和一个新出的道具——借尸还魂，它的技能是游戏时可以用它牺牲自己复活一个人。

小童还没从“仙界”厮杀中回过神来，她发消息给眼镜男：看得太过瘾了，你就是我的大神！

眼镜男又猥琐起来：咋样，没嫁亏吧？

小童：滚蛋。

小童心想，看来这副猥琐样还真是只有面对自己时才有。

又陪小童疯玩了几天，眼镜男必须收收心去做公司派发的任务了。没有了眼镜男的陪伴，小童觉得玩啥都没意思，就漫无目的地在仙境里瞎浪。

一天，小童误打误撞进了一个女仙师的领地，女仙师语气特别不好，于是两人发生口角，女仙师给小童下了战书，小童也不是软柿子，不管对方比自己高几个段位，打就完事了！

可新手玩得再好也干不过装备俱全的老玩家，在擂台上，女仙师使出一套连招将小童的血槽打空。屏幕外的小童一巴掌拍在脑门上：丢大发了！

此时突然一道金光从天而降，笼罩在小童身上几秒后竟使其复活，大家定睛一看，来者是大神！

小童看着替自己复活的眼镜男傻眼了，女仙师气得转身就走，然后小童才从弹幕里知道，众所周知，女仙师爱慕大神已久，怪不得她这么讨厌自己。

结果是眼镜男一个劲请罪，说自己“救驾来迟”，小童说：我应该谢谢你，在这游戏里从此给我戴上女主光环了，大神舍身相救的女人，啧，听着就带感。

眼镜男摆出一副得了便宜还卖乖的样子：那可不，我刚回来见你状态忙碌中就知道你在玩游戏，火速来集合了！

他接着说：对了老大，我得回邻省的总公司。

小童正在打字的手停住了，然后回他：回呗，到那儿好好干。

眼镜男：老大你别说得像我去蹲局子。

眼镜男：有缘则殊途同归，记得想我哦！

小童：想得美。

把眼镜男送到车站，小童突然发现自己已经很久没再回忆曾经了，看来愈合一段失败的恋情的最好方式就是找到新生活，是眼镜男，带她开启了自己的新生活。

眼镜男回到了总公司，两人依然每天下了班以后聊至深夜，仿佛有说不完的话。小童想，如果眼镜男和自己一个城市就好了，她想把新生活延续下去。

又过了一周，周五晚上，小童再次点开了那款修仙游戏，并喊眼镜男一起玩，眼镜男却说：这边网出了问题，网速很卡，你先自己玩。一个人玩有什么意思，小童失望地关上了电脑，早早睡去了。

第二天是被来电铃声吵醒的，小童胡乱摸到手机接听："谁啊？"

“您好，您的快递下来签收一下。”

小童说知道了，然后站起来惺忪着眼到了楼下。

在楼下等她的哪是什么快递，是眼镜男。

小童也不管什么形象不形象了，惊喜得跺脚，就像赢了游戏一样。眼镜男朝她晃了晃手里的聘请书，清了清嗓子说：“公司诚可贵，这家价更高。若为小童来，是槽皆可跳。”

小童懂了，原来他是跳槽到上次做外联的公司了。

眼镜男向前走一步，向小童伸出手：“我觉得你也可以跳槽到新的感情里试试看，比如我。”

小童抿着嘴想了一下，然后牵上了他的手：“那余生就请老板多指教啦！

Fantang jiuguan

第二十四篇：

胆小鬼，今晚有空的话，
跟我回家吃饭吧。

梦妹恋爱了。梦妹是一个少女心饱满的姑娘，我和她是在贴吧认识的。我记得刚认识的时候她刚参加完中考，当年的我们彻夜聊各种少女话题，是十足的闺中密友。

日子过得真快，如今她都上班两年了，我们一直都有联系，偶尔聊些生活和工作上的琐事，关系不减反增。

一天，她突然告诉我，前些日子公司调来一个叫浦哥的男孩子，文质彬彬，戴着黑框眼镜，瘦瘦高高的，是她喜欢的类型。

梦妹跟我讲过，他们公司女多男少，这下来了一个年轻男孩子，好多小姑娘都争前恐后，颠颠地“浦哥哥”“浦哥哥”地叫着。

梦妹把头一扬：“我就要反其道而行之，偏不上赶着他，得让他也注意到我。”

和梦妹认识这么久，我自然知道她是那种心强、再喜欢都不主动表白的女生，哈哈，这就是霸道总裁文中的“女人，你成功地引起了我的注意”吧。

梦妹的爱情座右铭就是：我从不试图摘月，我要月亮奔我而来。

还别说，爱情三十六计，计计有人中招。新来的浦哥就吃梦妹这一套，自从他注意到“孤芳自赏”的梦妹后，就觉得她挺特别的。于是每次下班后，他就经常打着向老员工请教的名义给梦妹打电话，聊些有的没的，多数都是以工作为借口，实则都是些无关紧要，其实第二天见面再说也不晚的事儿。

梦妹心里乐开花，嘴上却说："行，我知道了，还有别的事儿么？没有就挂吧，我要睡了。"

浦哥吃了闭门羹，觉得梦妹好生高冷，好生别具一格，好生不食人间烟火啊！

现在上班族的年轻人很少有在家吃完早饭再去上班的，都是在早点店打包带去公司吃。有天早上，梦妹起晚了，没买成早点，办公室一个姑娘问她："你今天不吃早点么？"

不等梦妹回答，浦哥说："你看看，她都这块头了，还吃啊，正好减减肥！"

梦妹杏目圆瞪："这块头怎么了？吃你家大米饭了？"

第二天，浦哥买了早点给梦妹，说是赔罪，梦妹很"有骨气"地没有吃。

浦哥说："吃吧，已经这体型了，不差这一顿。"

梦妹暴怒："你再怼我，我就真吃你家大米饭去了啊！"

但还是接过早点，狠狠地咬了一口。

上周，浦哥出差了，应该是挺忙的吧，直到他回来，都没再打电话“骚扰”梦妹，梦妹急得跳脚，她问我：“雅儿姐姐，你说他是不是在欲擒故纵？”

当年我贴吧的昵称就是雅儿，一声“雅儿姐姐”，让我仿佛又回到了那年刚认识她的时候，两个人经常窝在被子里对着手机聊天聊得不亦乐乎。

自古以来情场如战场，多少红颜英雄竞折腰，我作为梦妹的情场军师，先分析了一下战况，然后问她：“你对待客户都能给予春天般的温暖，为啥对他却像个冰雪女王呢？你听姐的，这浦哥回回吃闭门羹，你这回啊，给他上碗甜汤。”

梦妹心领神会，并开始暗中发力。

当晚，在10点这个感性的时间段，梦妹在朋友圈里发了条：××电影明晚要上映了，从点赞里挑一个倒霉蛋陪我看。

很快就有点赞的了，但不是浦哥，于是梦妹装作视而不见。半小时后，浦哥终于给梦妹的朋友圈点了赞，还主动找她私聊，说：“妹子，其他人工作一天也不容易，倒霉蛋的名额就给哥吧，行不？”

梦妹别提多开心了，可还故作镇定回道：“哎哟，你还记得我啊？”

浦哥笑了：“你是不是想我了啊，想我你就直说嘛！”

梦妹脸一红："少贫嘴！"

两人聊了几句，梦妹才知道原来浦哥不是故意晾她，而是这个笨蛋出差的时候手机被扒手扒了，只剩下笔记本电脑，登录电脑版微信又需要手机号验证。他回来以后买了新手机，第一个联系的人就是梦妹。

梦妹说："倒霉蛋就是你了！"

一向秒回的浦哥这次迟迟才回复，发过来的是两张电影票取票码，原来浦哥怕梦妹反悔，着急忙慌地把票买了。

其实梦妹压根对这部电影无感，还是部惊悚片，梦妹一向胆小，脑补能力又强，去地下室停个车子都跑得比逃生还快。不过谁让这电影是第一个上映呢，当时她看了最近上映的电影随便挑了一部最近的。

观影的时候，梦妹全程是睁一只眼闭一只眼看的，这场电影虽然没鬼，但一惊一乍的背景音乐让梦妹觉得周遭全是鬼，她死死抓住浦哥的胳膊，什么矜持不矜持的全抛到脑后了。

散场以后，浦哥问梦妹："地上有钱吗？"

梦妹这才肯把羞愧难当的脸抬起来，一抬头就看见浦哥身上被她抓皱的衬衫，梦妹恨不得这就消失。

完了完了，梦妹心想，这下她在浦哥心里的高冷形象肯定荡然无存了。

梦妹咬咬嘴唇，嘴硬地说："女孩子怕鬼很正常好不好！"

浦哥看着她几秒钟内变幻无穷的表情，没忍住笑出了声，回道："你怕同类干什么，你自己也是鬼，胆小鬼！"

说完，还点了一下梦妹的鼻尖。

当天梦妹就跟我说："雅儿姐姐，我是不是恋爱了啊！他那一笑太宠溺了啊真受不了了！"我回她："5月20日快到了，他对你有没有意思到那天就知道了。"

5月20日这天，梦妹盯着手机看了一天，也没收到浦哥发来的一句暗示，梦妹把手机一扔，像泄了气的皮球："大家都是在这薄情的人间多情地活着，而我，就是那个最多情的，浦哥压根对我没意思。"

我安慰她："再等等，好饭不怕晚。"

有天早晨，梦妹刚睁眼就收到了浦哥发来的红包，外加一句格外宠溺的"节日快乐呀，小朋友"。

她一个鲤鱼打挺就清醒了，看了看日期——6月1日。

梦妹的智商火速上线，她瞬间明白了为什么浦哥没在5月20日这个暧昧的日子有所暗示，因为浦哥觉得自己还没合适的身份给她过这个节日。浦哥的情商其实一点也不低，他知道除了情人节，女孩最想过的就是儿童节，哪个女孩不喜欢被当成孩子宠？

这时浦哥打过来电话，梦妹用了很久才暂时平复下来激动的情绪，然后接通电话。

浦哥：“别睡懒觉了，今天带你去游乐园玩，去不去啊？”

梦妹：“有便宜不占王八蛋，去，当然去！”

浦哥：“OK，那我在公司楼下等你啊！”

梦妹挂了电话，差点失声尖叫，兴奋地在床上滚了好几圈。

过了几天，梦妹又发信息给我：“天大的喜事，我恋爱了！”

是这样，有一次单位聚餐，浦哥因为堵车还没到，等他的同时，总监大叔趁机问起大家有看上浦哥的没，他帮忙撮合撮合。同事说总监怎么这么八卦了，总监说：“别嫌我操的心多啊，你们都跟我孩子年龄一样大，都是我的儿子和闺女，但是，儿子哪有闺女好啊！”

这时候，浦哥推门进来说：“总监，我不当儿子，我要当女婿，你撮合我和梦妹吧。”

周围人开始“哎哟”地起哄！

梦妹说：“哎呀，这都是天意，天意不可等，你放心，就算我恋爱了，也不会重色轻友的。你现在是不是有种自己养的白菜被猪拱了的感觉？”

过了会儿儿，我回她：“我是觉得，自己养的猪终于会拱白菜了。”

然后梦妹和我聊天的画风就彻底变了，不是说她男朋友有多帅，就是说她男朋友对她有多好，我是天天被喂一嘴糖，要不怎么说恋爱中的人都是魔鬼呢！

梦妹恋爱快一个月的时候，她约我出来吃饭，说要犒劳我这个军师。

梦妹一脸不怀好意地看着我，于是我开门见山：“有事启奏，无事吃饭！”

梦妹如实招来：“我们总监人很好，对我们一直像长辈一样，昨天他跟我男朋友聊了聊，聊的啥全告诉我了。我男朋友说他28岁了，谈恋爱就是奔着结婚去的，可遇到我之后就不这么想了。”

我大惊失色。

梦妹赶紧解释："你听我说完！总监说那也不能这个月谈下个月就结婚吧。我男朋友说那当然，起码要磨合一两年，可两年后小梦才 26 岁。嗯……他是觉得我年龄小，才打消了尽快结婚的念头，而且他还说，他不确定我愿不愿意跟他结婚……"

梦妹仰天长啸："这个傻瓜！我好想冲着他大喊，我愿意啊！"

我一颗心终于放下了，说："那你就去说啊！"

梦妹睁大双眼，呆呆地问："怎么说？"

我不紧不慢夹了口菜，给她慢慢道来："姐给你出个招儿啊，你就当对这事不知情，等哪天你们同事聚起来聊天，前提是你男朋友也在，你就说'哎呀我特别羡慕早结婚的人啊，我觉得早结婚特别好呀，我可喜欢早一点结婚了'，如何？"

梦妹立刻羞涩起来："得嘞，我试试。"

梦妹真的照做了，也是巧了，那阵子单位比较忙，同事们都忙里忙外的没空多言语。这姑娘见凑不到同事们一起聊天，一不做二不休，直接约浦哥出来吃饭，准备吃饭的时候演这么一段。

吃饭的时候，梦妹装作不经意地提起："最近我有个朋友找我诉苦来着，她和男朋友交往两年，家里开始催结婚了，可她还没玩儿够呢，不想结。”

这话题果然吸引住了浦哥。

梦妹说：“我跟她想法完全不一样，结了婚也一样可以玩儿啊，我觉得早结婚比较好。”

浦哥表情复杂，好像在下一个很重要的决心，梦妹心里喊快说呀快说呀！

终于，浦哥说：“其实我也想过关于什么时候结婚，你真的不介意早点结婚吗？”

梦妹笑了，赏他个脑瓜蹦，说：“介意个鬼啊！我等你问这句话等多久了知不知道？”

听到这句话的浦哥惊喜万分，又如释重负，他冷静下来想了想，说：“梦妹，现在还不行，等到元旦那时候吧，好吗？”

梦妹点点头，说都听他的。

梦妹嘴上不问，但心里已经浮想联翩，她捶胸顿足地问我：“雅儿姐姐，这货难道后悔了？”然后又拿出无所谓的劲头：“管他呢，他不急着娶，本姑娘还不急着嫁呢！”

梦妹和浦哥两人恩恩爱爱地度过了半年，终于等到了元旦这天，天刚黑的时候，浦哥约梦妹来到一方空地，让她闭上眼睛，说要给她个惊喜。

过了会儿，浦哥轻声说：“可以睁眼了。”

梦妹睁开眼睛的瞬间，浦哥把一串钥匙放在她手心里，说：“我攒了很久的钱，终于全款把房买了，从前即使你不介意，但我要啥没啥，也愧对于你的父母，现在，你来做这房子的女主人。”

听完这话的梦妹震惊不已，感动之情涌上心头，眼眶里闪闪发光。

梦妹使劲揉揉眼睛，然后欣喜若狂地跳起来抱住他：“傻瓜！白痴！大坏蛋！”

浦哥在她耳边说：“那胆小鬼，今晚有空的话，跟我回家吃饭吧。我告诉咱妈晚上有个能吃的姑娘来家里吃饭，让她多做点菜，你不是一直惦记吃我家的大米饭么？”

Fantang jiuguan

第二十五篇：

他把这个名字记在心底，
总觉得，好想认识一下。

我问我闺蜜：我最近收集恋爱故事呢，你们医院有没有什么素材可以提供啊？

她说：你还别说，真有一对儿，我们外科的一个医生跟他老婆两人挺有意思。

我心里已经开始激动了：快给我讲讲！

当时这外科医生刚上班没多久，状态还在实习期间，有一次跟他主任一块儿上台手术。小医生嘛，没有碰病人的机会，只能边在旁边看着边给主任递器械，顺便熟悉一下各种器械怎么用，什么情况下该用什么东西。

本来这递东西的工作是器械护士做的，但是小医生要学习啊，器械护士就闲下来坐一旁监督他，看紧别出什么错。

医生是本硕连读七年制，所以，虽然器械护士比他还小几个月，但是已经上班 3 年了，他应该叫人家一声“老师”。

手术进行到一半，主任要止血钳，他递过去时两人没接稳，止血钳掉地上了。小医生吓一跳，赶紧下意识地弯腰就要去捡，器械护士反应也快，见状立马一脚踹他屁股上：“不能捡！”（手术室参与手术的工作人员都洗刷干净并戴了手套，除了病人和无菌器械，什么也不能碰，所以器械护士只能用脚提醒）

小医生差点被踢一个跟头，但是接着就反应过来，这掉地上的医疗器械哪儿能捡啊！捡起来这一台手术都毁了！于是赶紧拿了新的止血钳递过去，并一个劲儿地跟主任道歉，主任点点头，什么也没说。

小医生喘了口气，偷偷瞄了眼踹了自己一脚的器械护士，她戴着帽子口罩，那双唯一暴露的眼睛，真好看呀！

手术结束以后，小医生又主动跟主任道歉，主任大手一挥：没什么，谁还没个犯傻的时候，没造成后果，记住教训就成了。

小医生这时脑子里浮现出那双好看的眼睛，主任见他回忆的神情，又说：“哦，每一个主刀医生的青春时光里，可能都有这么一个凶巴巴的护士，不碍事！”

小医生听了，觉得主任年轻时是个有故事的人啊！

小医生偷偷去护士工作站，拿起了护士排班本，故作轻松地左翻右翻，找到了今天跟他同台手术的那个器械护士的名字。

他把这个名字记在心底，总觉得，好想认识一下。

下班后，他去护士长办公室找到护士长，没想到手术室的护士长居然看起来也就 30 岁出头。他也是后来才知道，手术室的护士都是全院精挑细选出来的精英。小医生真诚地跟护士长表明，自己想认识那个器械护士。

护士长打量着他，笑得很鸡贼，他赶紧解释：“您别误会，我只是想感谢她，若不是她提醒，我就犯了大错！”

护士长投来一个明了的眼神：“行啦你，你就来感谢她的教诲是吧？嗨，谁还没年轻过，我都是过来人了！我找找她电话……”

护士长从门后值班表上抄了一张便条递给小医生，然后刻意压低声音说：“我得提醒你，她还单身呢，听她抱怨说家里最近也在催她相亲，你抓紧时间，我只能帮你到这儿了哈！”

小医生给护士长道了谢，看着手里的号码心里还挺紧张的，然后小心翼翼地叠好，放进了上衣口袋。

小医生回到家，满脑子都是那双好看的眼睛，可能是心理暗示太强，他总觉得屁股还在隐隐作痛。他拿着纸条反复看了很久，最后，按照电话，搜索了微信号，验证信息填的是“今天被你踹了一脚的小医生”。

一直到快睡觉，器械护士也没有通过，小医生有点泄气。

第二天一觉醒来，一条未读信息，小医生兴奋地解锁查看。

是她。

“干吗？还要报复啊？”

就这么一行字，让小医生躺在床上“嘿嘿嘿”地傻笑半天。

“不是不是，想感谢你来着，毕竟是你救场啊！”小医生回复道。

小医生想了想，这样人家没法接话啊，又回了一条：“你今天几点下班，我请你吃饭以表报答好不好？”

“不用那么客气啦，这点小事不值一提！”器械护士回复道。

小医生想，再坚持一下，她要是再拒绝就拉倒。

“怎么不至于啊，在我心里可重要了，别推辞了，给我个机会感谢你啊，不然我这心里过意不去。”

“既然你这么坚持，那好吧，不过今天不行，明天吧，明天我 3 点下班。”

小医生回道：“一言为定！”然后他开心地去刷牙了，心想明天自己轮休，哈哈，正好去接她下班。

到了第二天，小医生早早就在手术室门外等了，一直等到 3 点半都没人出来，之所以没进去问是怕那些八卦的同事嘴杂，小医生给器械护士打电话，没人接。这时一个医生同事急匆匆地出来打电话，说什么人手不够，然后余光看到小医生也在，冲电话来了一句“不用了”。

同事不由分说拉着小医生边往更衣室走边解释，说是一个不受控制的病人自行扯破创口导致大出血，情况很突然，赶上今天有些医生被院方派去邻院听课，人手不够，拜托小医生搭把手。小医生说自己还是实习期，还没有独立接过手术，那个医生说："会缝皮么？会缝皮就行，主刀要连着赶两场，这个处理完你负责缝个皮，给他争取点时间去下一场就行。"

这下小医生顿时明白为什么联系不上器械护士了，她肯定加入一线抢救中了。

小医生以最快的速度换好衣服消毒完毕，跟随同事走进手术室，进门就看见了器械护士在迅速并有条不紊地给医生搭下手，时间紧急，小医生立刻进入状态，加入这场争分夺秒的抢救。

器械护士抬头看了小医生一眼，小医生点点头，回她一个明了的眼神。递器械、核对、纱布、盐水垫、缝针……两人这次的配合可以说是天衣无缝，手术室的空气中，气氛有些微妙。

操作手术需要精神高度集中，平常一台手术下来，医务人员多少会有些身心疲惫，而这次两人感觉异常轻松和顺利，可能这就是男女搭配干活不累的奥秘所在吧！

将近一个小时的救治，手术顺利完成，病人生命体征良好。

护士把病人送去了监护室，两人同时松了口气，一起去消毒换衣。

他们一起从科室出来，器械护士笑了："不好意思啊，让你等我这么久，还去做了一台手术。"小医生嘿嘿一笑："有什么不好意思的，就当吃饭前的热身了，忙这么久也饿了吧，走，吃晚饭去！"

小医生和器械护士都是很外向并有趣的人，吃饭的时候两人打开了话匣子，各种闲聊。外人可能对医生这个行业有严肃并死板的印象，但器械护士了解到小医生有很多乐趣，他自己养了一只金毛，闲暇时就练习书法，篮球都打得不错，平时不上班的时候会换上一身球衣奔向篮球场。

巧了，器械护士就喜欢这种阳光的男生。

除此之外他们还发掘了共同的兴趣，比如两人都喜欢看斯蒂·芬金的书，喜欢悬疑片，居然还都喜欢听郭德纲的相声。

一顿饭下来，两人对彼此的感觉都不错，也拉近了彼此的关系。离开的时候，小医生说天晚了，器械护士自己回家不安全，自己既然把她约出去，就必须再护送她回家。器械护士说："平时我上夜班也都是这么晚，不用担心。"小医生想都没想就回："那我以后天天护送你！"

器械护士被这么“爷们”的话搞得心潮澎湃，一心扑在工作上而单身多年的她，突然想谈恋爱了。

后来，小医生和器械护士经常在科室里眉来眼去，科室里弥漫着甜甜的气氛，后来小医生偷偷拍下护士站的护士值班表，又去求主任把自己的班次尽量和器械护士重合一下，成功吸引了同事们的八卦心。

一天，有个同事当着器械护士的面问小医生：“哎，我说，你俩是不是有情况啊？”

器械护士白了同事一眼：“就你八卦！”

同事嘿嘿一笑，不依不饶接着问：“那把夜班都排在一起怎么解释？”

“我怕她走夜路不安全，排一块儿好顺道接送她。”小医生突然来了这么一句，器械护士顿时害羞了：“你们聊，我去个厕所……”

同事们互递了个暧昧的眼神，开始嚷嚷着说这两人腻歪。

器械护士得知小医生要考医师资格证了，正在紧张备考当中，于是她亲手做了一个刻着“逢考必过”的小钥匙链，还约小医生一起吃晚饭，准备送给他。

这天晚上，小医生准时赴约，器械护士从包里拿出来钥匙链递给他："这个给你，图个好彩头，考试不要紧张。"小医生接过来看了看笑了："你这样让我想起了我奶奶。"器械护士以为他说自己送的东西俗，一把夺过来钥匙链："不喜欢的话就不给了！"小医生连忙解释，说："你听我说完嘛，以前我每次考试都很紧张，我奶奶都会上山为我求签，我运气可好了，每次求来的都是上上签，考出来的成绩都是全班第一……现在我每逢考试前的紧张习惯还在，奶奶却已经不在了，不过这次有了你送的礼物，我信心满满的！"

器械护士认真听完，又把钥匙链还给小医生："这个是我自己做的，佛祖已经收到了我的诚意，一定会保佑你的。"小医生被她逗笑了，随后表情变得惊讶："没想到你还会做这种东西啊，好看，你手真巧。"器械护士一脸得意地说："我会的可多了呢！"小医生把钥匙链紧紧抓在手里，生怕她再夺回去，器械护士看在眼里，乐在心里。

吃过晚饭后，小医生和往常一样护送器械护士回家，快到她家楼下时，小医生和她并着肩说："后来我才知道，那山上哪有求签的地方，是奶奶为了安抚我紧张的心，眯着老花眼自己做出来的木签。”小医生顿住脚步，转身对她说：“你和奶奶一样都是真心对我好的人，我一定会对你好的，相信我！”

小医生走了以后，器械护士还在回味他这句话是什么意思，是表达感谢？太隆重了吧。

莫非是表白？也不咋像啊！

终于，谜底在小医生考完这天揭晓。小医生打电话给器械护士说他发挥得很好，请她出来一起吃饭庆祝庆祝。

吃饭时，小医生突然站起来，从包里拿出一大盒巧克力，微微脸红地扭向一侧：“我说过一定会对你好的，我说到做到，请你和我交往！”器械护士看着那盒巧克力，那是有一次两人聊天，她无意中提过一次自己喜欢的牌子，于是她心中一暖，就答应了。

白驹过隙，两人一交往就交往到见了父母，结了婚，一直幸福到现在，如今虽然已经结婚好几年了，还是没过够二人世界，所以并不急着要孩子。

给我讲故事的闺蜜，眼里充满了憧憬，她说：“现在这两口子在科室里能腻歪死个人哟，昨天我看她有黑眼圈问她是不是没睡好，你猜她怎么说的，她说‘我那口子听说我要去给邻院护士讲课，在床上给我辅导功课到半夜，不信你去看，他比我黑眼圈更大’。”

说着说着，闺蜜一拍大腿：“哎呀，羡慕死了！说得我也想找个医生嫁了！”

第二十六篇：

我的健身私教，
终于迎来了他人生中的春天。

我的健身私教，终于迎来了他人生中的春天。

我们年龄相仿，性格也都属于自来熟，所以没多久，就成了朋友。

一次休息时他突然问我："你说一段感情里，是不是总会有一个人受伤？"

我一愣："啊，你失恋了？"

他说："我现在这个状态还不如失恋，我俩没人提分手，前阵子我们吵架了，她说彼此需要冷静一下，她就回老家了，现在我们已经半年没联系没见面了。"

我说："这不就是分手了么，嗨，天涯何处无芳草啊！"

他说:"可是我不敢找芳草了啊,这段感情我付出的太多了。"

我说："比如呢？"

他说："比如，除了感情还有 20 万贷款。"

我很诧异，连忙问他怎么回事，他道出了原委——

那个女人大他 8 岁，交往半年，她被某虚拟货币洗脑，找亲戚朋友要了很多钱去投这个，还跟亲朋好友保证稳赚不赔。

结果可想而知。朋友要去起诉她，她家里爹妈哥哥为了不让她坐牢，各种帮她补窟窿，最后，还差很多。她当时来求私教帮忙，私教是 1995 年出生的，年纪不大，刚上班不久，也没什么存款，又不想看到自己女朋友有牢狱之灾，把家里给他买的车作为抵押，贷款了 20 万。

他怕家里知道担心，就没告诉任何人，现在这女朋友回老家了，贷款都是他自己还，一个月本金加利息接近一万了。

他给我看了还款信息说："本来我可以不用那么辛苦的，上次我跟她抱怨了这么几句，我知道，我也有问题，情绪化了。她说，这个钱她不还我，我俩好不了，于是她提出回老家赚钱还我，我俩再继续在一起。"

他确实辛苦，每天早晨 10 点上班，晚上 10 点下班，一个月只休两天，就是为了多赚一点钱。

他说，他原来总惹女朋友生气。

这点我知道。他也确实是个特别不会说话的傻直男，总怼我，在一次我忍无可忍地"温柔耐心地教导他"以后，他给我的备注是"这个人不能怼"。

我总说，你未来的女朋友一定要感谢我教会你好好说话了。

我说："你傻啊，干吗不找她要。"

他说："她也没钱还，怎么要啊？"

我说："假如是我，就算一次性还不清，也会慢慢分期给你，拿出个不会赖账的态度。"

我劝过他不行就报警，消失半年感觉不靠谱。他说："我想想吧。"我就没再过问，毕竟是他的私事。

上个月我和我老公出门旅行，行程最后一天他接了个电话，要去另一个城市开个会。我俩就商量，先回家放个行李（因为购物买的东西有点多），然后第二天直接飞去开会的城市。结果那天，飞机晚上10点落地，我俩还没带家门钥匙，寄存行李处已经下班了，太晚了不好打扰父母，我就给私教打了电话，因为他平时10点才下班，那个时间应该没睡，最后把旅游买的东西寄存在了他那里。

等我们出差回来，去他家拿东西时，他告诉我们："我和她彻底分了，她让我把她的东西给她快递回去。"

我看了看他的单身公寓，有一些包、衣服、化妆品什么的，已经被聚集在一起了。我问："那钱怎么办？"他说："她答应给我写个借条。"

我不好说什么，就安慰他几句。

他笑笑说："没事，我前面还有一片大森林。"但是他硬挤出的笑容里，有一些落寞。

前几天，他突然给我发了个聊天截图，是一个女孩子的头像，内容是——

女：我能追你吗？虽然我没钱，长得也不美。

他：你就不怕我是个禽兽？

女：禽兽什么意思？渣男？花心？

他：差不多吧。

女：不怕，我相信你不是那种人。

我问他："这是谁啊？"

他说："你认识。"

我说："我喜欢的那个女私教？"

他回："嗯。"

那个姑娘我每次去都笑嘻嘻地跟我打招呼：哈喽，小姐姐。

那会我儿就提过："这姑娘对你有意思。"

他一脸不屑："你可拉倒吧，她就是一个汉子，你让她给你举个杠铃看看？"

那会儿我觉得姑娘对他有意思是有根据的，我观察过，这姑娘从不和别人的学员说话，但每次我去了，她都找借口和我聊聊，其实就是想借机多跟他说几句。有时候还跟我爆料一下两人的互动趣事。

你们看，女人有时候是福尔摩斯吧，蛛丝马迹就能察觉到一些事。

那是一个头发长长的、白白净净的、活泼可爱的姑娘。

我也故意跟他说过："我喜欢这妞儿，我眼光一般不会错，你考虑考虑？"

他都说："拉倒吧，我现在自己生活还一片混乱呢！"

他给我发完聊天截图之后，过了几天，他又跟我说："我跟她坦白了我还有贷款要还，她说她不介意。"

我说，"多好的姑娘，你个傻子还不抓紧。"

他说："我有点蒙，没想到幸福来得这么突然，我有点害怕，怕连累她。"

我说："人家一个小姑娘都不怕，你个大老爷们磨叽个什么劲儿！"

他说："我得好好考虑考虑。"

又过了一阵子他给我发微信，讲了前一天发生的事儿——

姑娘被调到了分店，是我们这近郊，前一天晚上她打电话给我私教，说想看一场电影，私教答应了。

他带她去看了电影，看完电影，凌晨一点半了，本来她说要回去，我私教说："太晚了，住我那里吧！我睡地铺。"

姑娘问："你答应不答应？你要是不答应跟我在一起，我住你那里，像什么事，你对我到底有没有意思？"

私教说："要是没意思就不会让你来了。"他想了想又说："如果哪天我不在天津待了，你怎么办？"

姑娘不假思索："那我跟你走，你去哪我就去哪。"

私教说："那我没有别的顾虑了，跟我回家吧，我的女朋友。"

他们在一起了，他隔三岔五给我发个微信，发张女朋友照片："看，我女朋友多可爱。"

我回："又不是你说人家汉子的时候了？"

他发了个傻乎乎的表情回复："那会儿不是我的，我不好意思夸她，这不是你教我的么，多夸夸自己女朋友。"

嗯，孺子可教也。

前两天他跟我说两人见了双方父母，又一起去了三亚旅行。

我说："行啊你小子，进展够快啊！"

他说："我妈都说我，'你小子艳福不浅啊！'"

我笑着回复一句：“你小子艳福不浅啊！”

他说：“嘿，你占我便宜！”

我说：“你不知道，我这天天听你说这些，就像多年的老母亲，看到自己的傻儿子有媳妇了一样的欣慰啊！”

第二十七篇：

此爱隔山海，
山海皆可平。

我前面说过我以前玩贴吧，认识了很多人，这个故事的主角是一个南方妹子。

那年，有一天晚上大家又约群语音，一个新来的妹子，喜欢了一个声音好听的小哥哥。

妹子私下找到我(我和小哥哥还有几个人是那个吧的元老)，跟我打听小哥哥的事。

小哥哥 1985 年的，家在很北的北方；妹子 1992 年的，在长三角城市。

小哥哥大学学的播音，所以他是很少见的没有一点当地方言口音的人。

那会儿小哥哥刚被甩，天天发点“伤痛文学”。有一次他发了个“你答应陪我一起去看 ×× 的演唱会，但是却缺席了”，妹子回复：我陪你去看啊！

小哥哥以为妹子是安慰他，就回：好啊！

结果，妹子真的买了小哥哥城市的演唱会门票，小哥哥知道后还问她：“就不怕我是坏人？”妹子更直接：“我相信我的直觉，再说了，那么多吧友看着你呢！”

两人见面了。小哥哥带她在自己的城市玩了 3 天，包吃包住。

妹子回来跟我说："小哥哥虽然不帅，但是对我来说就可以了。"

我去问了小哥哥，知不知道妹子对他有意思，他说："知道，她来我这里看演唱会就暗示我了，挺可爱的姑娘，你劝劝她，我们不可能，离得太远了。"

我委婉地告诉了妹子小哥哥的态度，妹子说："我只是不想后悔。"

小哥哥从那以后就开始疏远妹子，想断了那份念想，但妹子每逢小哥哥的帖子必用心回。

又一次群语音里，妹子直接说："×××，我就是喜欢你，你喜欢我吗？"

群里突然静了，谁都不说话，安静吃瓜。

隔了一会儿，小哥哥说："你还小……"

妹子说："成年 20 多个月了，不小了，你回答我的问题！"

小哥哥说："咱们私下聊。"

两人就退了语音。

后来，不知道他们怎么谈的，两人吧里宣布恋爱了。

再后来，妹子私下跟我说，当众表白之前，想好了，如果小哥哥拒绝，大不了退吧，反正谁也不认识自己，破釜沉舟了。

祝福之余，我跟妹子说："你一定要确认，他跟你在一起是不是真心喜欢你，不要给别人做失恋期的金疮药。"

没过多久，妹子找我："他今天跟前女友见面去了，我俩账号关联看到的，她约他了，他也答应了。我想看他会怎么做，你说得对，我不会给他做金疮药。"

小哥哥回来后主动把这件事告诉了妹子，并解释说："我和我前女友见面了，我跟她说清楚我现在有女朋友，不要再打扰我的生活，去见面是想把她送给我的情侣戒指还给她。"

两人网恋第一年里，中途小哥哥去妹子的城市呆了一个月，妹子也去过一次小哥哥的城市。

很快现实问题就来了。两人要想走下去，必须有一个牺牲一点。

小哥哥的父亲40岁才有的他，家里有个百八十人的小工厂，父亲年纪大了，他大学一毕业，就接了班。

妹子是单亲妈带大的，妈妈一直跟她相依为命。

妹子跟我说："当初只是想，哪怕爱过就好啊，没想到人都贪心，我现在想要和他一直在一起，都是我太任性，我该怎么办？”

妹子和妈妈属于无话不说的，妈妈知道后说：“他要是对你好，你就嫁过去，妈妈没事儿的，你幸福就好。”

妹子哭了，不舍得了。

我去找小哥哥，问他有没有想过娶妹子，小哥哥说当然想，但是又不能提让妹子嫁过来。如果自己家里没有这个小工厂，他就直接去妹子城市了，但这个小工厂是父母一辈子的心血，他不能走。

我问：“你经济条件怎么样。”

他说：“小康往上一点的水平吧。”

我说：“你为什么不跟妹子提，让她把妈妈一起带过来，你想办法解决吃住问题呢？”

小哥哥说：“要么说旁观者清呢，我怎么没想到！”

开始，妹子妈并不想跟妹子走，说会拖累他们，而且哪有带妈结婚的。妹子软磨硬泡一个月外加绝食要挟，妈妈妥协了。

最终结果，小哥哥用自己赚的钱外加父母给的彩礼钱出了一大部分首付，妹子妈自己存款出了一部分，贷款买了房。小哥哥家里给妹子找了当地工作，有公积金还贷款，房本上写妹子名。

小哥哥父母早期就给他买了婚房，所以新房妹子妈一个人住，妹子妈去工厂帮忙，每月给开工资。去年两人结婚了，给我寄了一盒巧克力，天热，几乎都化了，我尝了一块，齁甜。

前两天，我问妹子过得怎么样。

妹子说：“一切都好，除了我从南方带来的小盆栽都死了……”

“此爱隔山海，山海皆可平。”

第二十八篇：

异地恋真的很辛苦，
有时明明一个拥抱
就可以解决的问题，
由于距离，只剩争吵。

去年，我玩过一款手游，有个结婚任务，为了领奖励我就和一个妹子组了CP，需要做伴侣任务一起在线方便联系，就加了彼此的微信。

妹子那会儿上大四，知道我爱写故事之后，就关注了我的微博。

有一天突然给我发微信：“我看你总在回答别人的感情问题，我还感叹，这世间哪来这么多痴男怨女，报应来得太突然了，没想到今天我也有感情问题了！”

我一看，呦呵，小丫头这是遇到什么事儿了吧，就给她回了个“怎么了？”。

她给我轰炸了一大堆语音消息，总结一下大致是这样的——

前几天万圣节，妹子城市有个游乐场有万圣节主题活动，她就和宿舍两个女孩一起去了。进了鬼屋，大家排队往前走，她走最后一个，拐弯时她电话响了，她下意识地拿出来看了一眼。正好拐弯处有个工作人员装扮的“鬼”出来吓人，她脚底下没注意，绊倒了，前面的队友们不知道，已经跑远了，黑乎乎的鬼屋这个区域就剩她自己了，她吓得大叫，腿没力气起来了。这时那个工作人员撩开长假发低头看着她：“妹子，你没事吧？”

没事？她都快吓哭了好嘛！

鬼屋里，一个披头散发白衣服的工作人员，撩开头发，小绿光从脚下往上照着，他低着头，阴森森的绿色的脸冲着她，她手忙脚乱地爬起来，向前跑去，伴随着工作人员的一声“小心”……

“哎呀！”她又摔倒了。

工作人员索性扯掉了假发，冲她伸出手：“别怕，我送你出去吧。”

她这才缓过来，拉着他站了起来，跟着他从原路返回，出了鬼屋。

门口的路灯挺亮的，她这才看清这个工作人员，是个挺好看的小哥哥，就是脸上的粉底有点厚，故意抹得惨白惨白的。

单身的她当时脑子一热：“可以加个微信么？”

工作人员说：“好啊，不过我没带手机，上班不让带，你记一下……”说着报了一下自己的电话号码。她回家很晚了，就直接睡了，第二天早晨，她看到小哥哥通过了她的添加请求。

我听完这段故事，问她：“这不挺顺利的么，微信也加了，手也拉了，英雄也救了你了，你想问啥？”

她回："加微信两天了，他不跟我说话啊，我怎么办啊？"

我说："这是你加的人家，你主动点呗，你主动一些，你们也许就有故事啊！"

她回："万一是事故呢？"

我说："无论是事故，还是故事，都行啊，是故事，皆大欢喜；是事故，你就死心了，删了得了。不然，你留着他，将来看他和别人秀恩爱的故事，最后他结婚，给他随份子？"

她回："醍醐灌顶！一语惊醒梦中人！祝我好运吧，我的娘子！"

对了，她在游戏里，一直是叫我娘子的。

后来因为那款手游太烧钱，我就弃坑了。我和她，也好久没有了联系。

前阵子，失踪许久的她，突然给我发了微信："娘子娘子！我看她们都叫你恋爱锦鲤我还不信呢，今天居然轮到我来还愿了！嘿嘿，虽然一直没有找你说话，但是我一直默默看你的微博哦！"

紧接着，又是一大堆六十秒语音消息。

她跟我聊完当晚，就给那个男孩发了一条微信："你前天晚上吓到我了，我不管，我赖上你了，你要赔偿我精神损失。"

男孩回她："怎么赔？"

她想了想说："周末你请我看电影吧，我给你买奶茶喝，怎么样？"

发完这条，这傻丫头删除了聊天记录，心跳加速等待回应。她说，删除聊天记录权当没发过，被拒绝了不尴尬……

过了一会儿，男孩回："好啊，时间地点你定吧。"

两人那天聊到了半夜，男孩今年也是大四，去鬼屋是找的兼职，等万圣节活动这周过去了，就不用再去了。

男孩的学校距离妹子的不算太远，坐车四十来分钟就可以到，两人都有意出国读研，正在努力准备中。

就这么聊着聊着，话越来越多。第二天，妹子哈欠连天地去上课，她就觉得自己和这男孩有戏，就想来跟我汇报的，结果转念一想，万一不成提前说了怪尴尬的，就一直憋到最后。

他们彻夜长谈以后，就没有这么热情了，接连两三天都只是打个招呼，不疼不痒地说个"我上课去了""下课了，去吃饭，你吃饭了没有？""很晚了，睡吧，晚安！"这类客套话。妹子很沮丧，不知道男孩到底怎么想的。

到了周末，两人如约去看了电影，看着卸了恐怖妆的男孩，妹子觉得他比那晚好看多了。

挺绅士的一个男孩子，笑起来很温暖，看完了电影他把妹子送回学校。妹子觉得自己仿佛恋爱了。

她把这些事讲给了室友听，室友纷纷表示，这男孩绝对对她有意思，不然不会陪她看电影，送她回来。

“万一人家就是绅士风度，不好意思拒绝呢？”当时她这么说，就是怕自己希望越大，失望也越大。

两人还是不远不近地联络着，就是越来越熟，也会开开玩笑什么的了，但是那以后，就很久没有机会见面。快到元旦那会儿，男孩向妹子发来邀请：“我在元旦晚会上有一段街舞表演，你要不要来看？”

妹子欣然答应。

他又问：“那，我的队友都有女朋友，只有我是单身狗，你能不能装一下我女朋友，我也好有个面子。”

妹子回复的内容删了改改了删，不知道如何作答。突然灵光一闪，回了一条：“抱歉啊，我不给别人装女朋友的。”

男孩发来一个委屈的表情：“那好吧。”

到了那天，妹子去了男孩学校，男孩给她领到了会场，周围男孩起哄：“哎哟，这妹子谁啊，你这不够意思啊，这么可爱的妹子，你小子从没提过啊！”

男孩有点不好意思：“别瞎说，就是……”

“你们好，我是他女朋友，我叫 ×××。”妹子微笑着说。

周围起哄声更大了。

妹子在男孩耳边说：“我不给别人装女朋友的哦……”

男孩一下子就领悟了妹子的言外之意，顺势拉住妹子的手：“来，我给你留了个好座位。”

那天起，两人确立了关系。

两人感情升温很快，寒假时，就见了双方父母，双方父母都很满意。

最后，妹子考到了欧洲某学院，男孩则去了澳洲。

今年开学季，两人开始了异国恋。

妹子说：“开始是真的挺苦的，我们俩都不是家庭条件特别好的，为了减轻家里负担，我们都努力地找兼职打工，所以能联络的机会越来越少，吵架的次数越来越多。”

没有安全感，是很多女孩子都有过的经历吧？

异地恋真的很辛苦，有时明明一个拥抱就可以解决的问题，由于距离，只剩争吵。

妹子是和几个中国留学生合租，曾经给男孩发过定位。

就在前两天万圣节之前，他们再一次吵架了。妹子生病了，合租的其他人有课的有课，约会的约会，她一个人，远离家乡，身体不适，那一瞬间觉得特别委屈。她给男孩打电话，男孩因为在做兼职，没有接到，后来妹子爆发了，把自己所有的委屈心酸和辛苦一股脑地倒出来，男孩听着电话那头妹子的哭喊，一言不发。妹子气冲冲地挂断电话，不再理男孩。

妹子冷静下来后，意识到这件事是她的无理取闹，但是拉不下来脸道歉，不知道该怎么办，万圣节前一天，给冷战了几天的男孩发信息：还记得去年万圣节吗？那是我们第一次见面，我还记得你那身装扮呢！

妹子心想，就给你个台阶下吧。

结果一晚上男孩都没有回信息。妹子隔几分钟就解锁一下手机，生怕错过男孩的回复。

在失望中，她睡着了。

睡到中午，被门铃声吵醒，她起来去开门，是一个披头散发的“鬼”：“Trick or treat.”

妹子哭了，没错，这是男孩来了，男孩的装扮就是去年她在国内去鬼屋时第一次见到他的装扮。

妹子扑到他怀里：“我不该和你发脾气，你怎么来了啊，我以为你不要我了……"

男孩摘下头套："你个小捣蛋鬼，我不在你身边就知道跟我闹闹闹。"说着捏了捏她鼻子，从口袋里掏出一袋糖，"给，小孩，吃糖。"

妹子接过袋子，傻傻地打开，吃了一块巧克力，就准备放到一边，男孩一看，又说："你看看这些糖，你喜欢么？"

妹子："你送的当然喜欢！"

男孩说："你看看再说！"

妹子这才反应过来，这可能不是简单的一袋糖，就赶紧打开看，果然，糖果中，有一个小盒子，妹子拿出来，轻轻打开，是一枚戒指。

妹子哭得更凶了，男孩拿过妹子手里的戒指："你不总说没有安全感么，我前几天不接你电话拼命打工，也是为了买这个。"说着拉着妹子的手，单膝跪地，"will you marry me？"

妹子激动得说不出话来，拼命点头。

"我们俩商量好了，等毕业回国就结婚，已经跟双方父母通过气了，他们都挺开心的。"妹子最后跟我说。

“行啊你，憋了这么久没下文，这一年了才跟我说，我还以为凉了呢，一直没敢问你。”我回复道。

“嗨，刚确立关系我就想告诉你了，我又怕感情不稳定，说出去不好。后来出国总吵架，我又怕吵分手了。现在我想通了，我们现在彼此相爱，我干吗总去想不好的事儿，所以这不来给你还迟到的愿嘛！”她回复。

“真好，祝你们永远幸福。”

第二十九篇：

妹子，你那个娃娃，
我女朋友特别喜欢，
你能卖给我么？

我和萱萱认识，真的挺戏剧化的。

那年我和朋友去玩夹娃娃，运气很好，夹到了好几个超可爱的。这时一个男孩有些不好意思地问我：“妹子，你那个娃娃，我女朋友特别喜欢，你能卖给我么？”说着指了指我手里的一个娃娃。

我没反应过来，迷茫地看了看四周，一个女孩走过来拉住他胳膊：“哎呀，我就这么随口一说，你真问人家啊！”又转过头来跟我说：“抱歉啊妹子，刚才我就想要你这个娃娃，夹了好几次都不行，游戏币用光了也没夹到。就跟他开玩笑，说不开心了，他说一定给我弄一个，我这去个厕所的工夫，他就这么唐突……真是不好意思啊！”说着就拉男孩胳膊，“走吧走吧，我逗你的，我没有因为一个娃娃不开心啊！”

我终于明白了原委，把娃娃递过去，说：“送你啦，我们交个朋友吧，娃娃我家里还有，这个就当我们做朋友的见面礼。”

女孩有些不好意思：“不了不了，这多不好意思。”

“没事，你拿去吧，这个又不值钱，你既然喜欢，还是跟着你回家的好。”我坚持着。

最后，她道了谢，拿走了娃娃，临走加了我微信，说这也是缘分，做个朋友。

这女孩，就是萱萱。

加了微信之后我们也没有什么联系，毕竟本就是没有交集的人嘛，我俩的交情仅限于朋友圈的点赞之交。

突然有一天，萱萱的朋友圈发了一条："结束了，5 年。我的未来不会再有你。"

我吓一跳，没忍住，回复了一句："怎么了？"

没多久，微信提示响了，是萱萱发来的："我们分手了，他劈腿了。"

我真的很诧异，当初那个为了她，可以鼓起勇气跟陌生人买娃娃的会害羞的大男孩能做出这种事。

回了一句："弄清楚了吗？别闹误会。"

她说："你方便么？方便我给你打个语音电话，我想找人聊聊。"

我说："我没事，你打吧。"

萱萱说，证据确凿了，现在已经彻底分了。男孩有一次去参加同学会，和一个女同学重新联系上了，开始只是正常的同学聊天，慢慢地萱萱发现不对劲。他和女同学聊天内容有点过于暧昧，有时都聊到不可描述的话题，一次萱萱看到他们又在聊那些有些过火的话题，萱萱不高兴了。男孩和女同学说："以后我们不说这些了，我女朋友不高兴了。"

结果女同学回了一句：“我要知道你女朋友在身边，我就聊得更露骨一点了，她吃醋了才会更加珍惜你啊，哈哈哈哈。我开玩笑的啊！”

萱萱气得差点扔了电脑。

从那时起，他们就经常因为这个女同学吵架，男孩总是说：“她有男朋友，我们真的就只是朋友，我们从那天同学聚会之后，就没有单独见过面。”

萱萱那会儿确实在QQ空间看到女同学和她男朋友的合照了，也就相信了男孩的话，她当时就觉得是女同学情商有问题而已。

后来有一次，男孩出去买烟，QQ挂在电脑没关，正好女同学来了消息。萱萱就表明自己是他女朋友，说自己这几年和男孩挺不容易的，男孩的缺点有多少多少，但是自己就是爱他，想和他永远在一起，希望女同学祝福他们。

最后萱萱说，我们也可以做朋友呀！

萱萱删掉了聊天记录，不想让男朋友知道自己和女同学聊了天，她当时还怕男孩误会她是不信任他才这么做。

结果，那女同学把和萱萱的聊天记录截图了，发给了男孩，可恨的是，截图只截取了萱萱说“男孩这也不好那也不好”那段，却没有截后面那几句：“虽然这样，我们也一起走过了 5 年，我很爱他，他也一直包容着不完美的我。”

这是后来男孩和萱萱吵架才说出来的，男孩说：“你还和别人说我这不好那不好，我再怎么不好，也比女同学她男朋友对她好，你还不知足？”

萱萱通过男孩的表姐才知道，女同学经常跟男孩说“我男朋友要是有你一半好我就知足了”“你女朋友真的好幸福啊”这类话。表姐是站在萱萱这边的，毕竟也认识萱萱好多年了，但是却劝不动鬼迷心窍的男孩。

后来他们和好了一段时间。后来男孩出差了，萱萱自己在家躺在床上刷着微博，不知道是不是天意，刷到了那个女同学的微博，里面有一张当天的自拍，是对着酒店镜子，写着：“出来旅行。”

镜子里露出了一个旅行箱的一角，萱萱一眼就认出来了，那是她买给男孩的，上面还有一个小贴纸，绝不可能一模一样的。

萱萱觉得天旋地转，给表姐打了电话，表姐支支吾吾也说不清自己表弟在哪。萱萱打男孩电话，是女同学接的，刚说了个“喂”，萱萱就把电话挂了。

萱萱连夜搬出了和男孩一起租的房子，住到了闺蜜家。她想，已经不忠诚的爱情，不要也罢。

她很快又重新租了房子，拉黑了男孩的一切联系方式。

男孩又通过萱萱闺蜜找到了萱萱，跟萱萱说和女同学就是一时冲动，自己爱的还是萱萱，让萱萱给个机会。

萱萱当时犹豫了，从黑名单里解放了男孩，说自己考虑一下。结果没过3天，女同学用男孩的手机给萱萱打电话，说：“你别再缠着他了，他早就不爱你了。”

萱萱什么也没说，挂了电话，也没有再去问男孩究竟这三天发生了什么，会变成这样。她只恨自己不够果断，居然还想着给男孩个机会，真可笑。

“那，你现在怎么样了？”我想了半天，不知道如何回复她，就说了这么一句。

“挺好的，你放心，我这么优秀这么可爱，还愁没人要？那是他没眼光，让他后悔去吧！”萱萱的声音有点闷，显然是哭过的，我故意装作没听出来：“那就好，你可以看看我的微博，我经常写写甜甜的故事，他们都叫我恋爱锦鲤，我可灵了，万一哪天祝你脱单找到真爱了呢？！”

“成，你把你微博名字发给我。”

从此，萱萱就每天潜水看我微博，这是她后来跟我说的。

可能过了有小半年吧，萱萱找我："恋爱锦鲤，我脱单啦！"

我连忙回："怎么回事？"

萱萱说——

她离开男孩后新租了房子，`有一天去便利店买零食，被一只猫碰瓷了，突然躺在她脚边了。她吓一跳，一看肚子鼓鼓的，心想这猫真胖啊！她还是买了火腿肠给它吃，结果猫一路跟着她到了家门口，她犯难了：房东说了不允许养小动物，但是猫可怜兮兮地看着她，她又不忍心，好在她住一楼，她想了个主意，在窗台下面搭了个简易猫房子，又在自己窗台外沿防盗网上铺上纸板，去买了猫粮猫碗，放在了防盗网上。这样，她不在家，猫也可以跳上来吃饭，睡觉就在窗沿下，最起码遮风避雨。

结果没几天，这猫生宝宝了，她当初还以为只是胖呢！她又赶紧上网查怎么伺候月子，买了一堆保暖的东西，还给猫妈妈煮了鱼汤，给小奶猫买了羊奶粉。

她就把猫拍下来发在自己的社交软件上，每天更新小猫趣事，渐渐地，周围很多人都关注她了。

后来小猫大了一些，接连几天，她发现防盗网上要么有死老鼠，要么有半死不活的肉虫子，她知道这肯定是猫的报恩，但是也怪恶心的。彼时，猫妈妈看着她，喵喵叫，仿佛在说：“给你吃的，快吃吧。”

她趴在窗前说：“我不吃，你吃吧，你看，我不缺吃的，我缺男朋友，你给我叼来一个啊？”

说完，她自己也笑了，猫能听懂还不神了？

结果真的神了。

她那个社交账号上，有一天一个人私信她：“你这只猫是不是鼻子上有个小黑点，左爪肉垫上有一块小白点？”

她当时正在上班，就回复一句：“晚上下班我给你看看。”

她回家的时候，猫妈妈正给小猫舔毛呢，她心里突然很暖，自己不是一个人呀，还有几只小猫在等她回家呢！

她观察了下鼻子和爪子，果然，像那人私信所说，有那些特征。

她回复了那人。

对方回：“那是我丢了好久的猫，有一次我出门没看好，它溜出去了，我找了它好久，没想到还能找到它！”

萱萱说：“你留个地址，我把它们给你送过去，你这猫不仅找到了，还赠送了 4 只小猫。”

说到送走，萱萱还真舍不得了，但是毕竟是人家的猫，只能还回去。猫主人是个男孩，看起来和萱萱年龄相仿，对萱萱千恩万谢，说要请她吃饭，她拒绝了。

结果第二天是周末，萱萱正在家睡懒觉，听到窗台底下有猫叫，是熟悉的声音。萱萱还以为自己听错了，起来打开窗户一看，果真是那只猫，后面是一脸尴尬的猫主人："抱歉哈，早晨我出门扔垃圾，它就蹿出来了，我跟着它一溜小跑，跑了十几分钟，结果它来这里叫，我一看这窗台下面还有猫窝，估计是你家。它不走，我也不好叫你，就在这里等你开窗户。"

猫跳上窗台，用头蹭了蹭她的脸。

猫主人说："我请你吃个午饭吧，我来都来了，饭还没吃。"

萱萱想了想："你等我洗个脸。"

两人先把猫送回猫主人家，又去吃了饭，这顿饭后，猫主人就经常找萱萱聊天，天天给萱萱发猫妈妈和小猫的视频，看着小家伙们一天天长本事，萱萱也跟着高兴。

结果有几天猫主人都没再发小猫的视频，萱萱心里空落落的，主动给猫主人发微信："这几天怎么不给我发小猫视频了？"

猫主人回："你想它们自己来看啊，你又不是不认识我家，你再不来看看，窦尔敦（猫妈妈名字，因为是一只英短蓝猫，所以就叫窦尔敦）想你了，又要跑出去找你。”

萱萱不傻，知道这是猫主人故意的，这几天接触，她也觉得猫主人挺好的，就去了。

两人这么一来二去就熟了，每次猫主人都说：“窦尔敦想你了。”

有一天晚上，猫主人又发来微信：“在不？”

萱萱一笑：“怎么，窦尔敦又想我了？”

猫主人回：“不，这次不是窦尔敦，是我想你了，明天能不能一起吃个饭？”

萱萱脸一红：“你想我了我就跟你吃饭啊？”

猫主人回：“那我可以追你吗？”

萱萱握着手机笑出声，开始琢磨两人这些日子以来的接触，觉得自己真的可以开始新的生活了，有个带猫的伴儿也挺好。

又突然想到那天，她跟窦尔敦说：“你给我叼来一个男朋友吧！”

这窦尔敦真的就给她叼来了一个男朋友呀，真是太神奇了！

两人又暧昧了一阵。猫主人有一天接萱萱下班，萱萱走出电梯，就看到戴着领结穿着小裙子的窦尔敦一扭一扭走过来，蹭她的腿，她赶紧蹲下一看，领结上挂着一个纸条，打开一看：“答应做我女朋友吧，你要同意了，就摸摸窦尔敦的头。”

萱萱抬起头，不远处，猫主人冲她微笑。

周围同事也围过来看着这两人一猫，萱萱笑了笑，抱起了窦尔敦，摸了摸它的头。

猫主人大叫一声“耶”，冲萱萱飞奔而来。

两人在一起快一个月了，萱萱觉得每天都很开心，她说：“虽然不知道能不能走到最后，但是我们都会努力地经营这段奇妙的缘分，窦尔敦给我们带来的缘分。”

完